Barbara Wallner

Kassandra

Eine Reise in die Neue Welt

© 2014 Barbara Wallner
Umschlagfoto: ©jovannig
Lektorat: Thirza Albert

Verlag: tredition GmbH, Hamburg

ISBN
Paperback: 978-3-7323-1552-9
e-Book: 978-3-7323-1553-6

Printed in Germany

Für meine Großmutter, Barbara Weiser, die am 10. Dezember 2014

im Alter von 104 Jahren verstorben ist.

In tiefer Verbundenheit.

Prolog

Ich bin Anastasia. Geboren in Naoussa. Die Zeit hat keine Bedeutung mehr für mich. Ich schwebe durch Raum und Zeit. Meine Tochter Kassandra ist der Grund, warum ich diese Welt nicht verlassen kann.

Mein Lieblingsplatz ist der Kamin im Wohnzimmer. Früher war ich verheiratet mit meinem geliebten Vassilis. Nur kurz konnten wir unseren Weg gemeinsam gehen, nur kurz unsere beiden Kinder Yannis und Kassandra genießen. Das Einzige, was mir geblieben ist, ist die Erinnerung an die Zeit, als wir vereint waren. Ich vermisse meine Familie. Der Kalender in der Küche sagt, dass wir das Jahr 2010 schreiben. Ich bin seit 20 Jahren tot. Den Grund meines Todes kann ich im Augenblick nicht offenlegen. Das brächte mir all den Kummer wieder vor Augen.

Kassandra war 9 Jahre alt, als ich gestorben bin. Seither kann sie mich nicht mehr sehen. Niemand kann mich sehen. Ich wandle als unsichtbares Wesen durch die Welt. Raum und Zeit haben keine Bedeutung mehr für mich.

Morgenstund & Streit im Mund

Ein Morgen im Juli, zeitig in der Früh.

Yannis öffnete das Fenster in seinem Zimmer und atmete die frische Morgenluft ein. Er war bereits fertig angezogen. Mit seiner Schwester Kassandra lebte er in Naoussa auf der Insel Paros. Die beiden wohnten allein in dem typisch griechischen Haus mit den weiß gefärbten Mauern und den strahlend blauen Türen und Fenstern. Ihre Eltern waren bei einem Verkehrsunfall vor 20 Jahren verunglückt. Kassandra war damals erst 9 Jahre alt gewesen. Yannis hatte es zu seinem Lebensinhalt gemacht, sich um seine Schwester zu kümmern. Er liebte sie abgöttisch.

Yannis spürte, wie die Sonne langsam die Luft erwärmte. Kurzfristig beschloss er, im Garten zu frühstücken und begann, Kaffeebohnen zu mahlen und Wasser zu erhitzen. Kassandra war keine Frühaufsteherin. Dennoch hörte er Geräusche aus ihrem Zimmer. Konnte es sein, dass sie heute einmal zeitiger aufstehen wollte? In der Tat, kurz darauf kam Kassandra, noch ziemlich verschlafen und mit nur halb geöffneten Augen in die Küche. Sie trug ein langes weißes Nachthemd, das ihre zierliche Figur unterstrich. Die langen dunkelblonden Haare fielen ihr lockig ins Gesicht. Sie war blass und hellhäutig.

„Guten Morgen Kassandra, hast du Lust, mit mir auf der Terrasse zu frühstücken? Es ist bereits herrlich warm draußen?"

Kassandra nickte stumm. Yannis blickte seiner Schwester liebevoll nach, die wortlos zur Terrasse stapfte und sich dort in den weich gepolsterten Stuhl fallen ließ. Der Duft von frisch gemahlenem Kaffee erfüllte die Küche. Genießerisch schloss Yannis die Augen und sog ihn tief in sich ein. Dann lud er die beiden Spiegeleier, den Kaffee und die Kanne mit grünem Tee auf ein Tablett. Als er alles balancierend zum Tisch auf der Terrasse brachte, schien Kassandra langsam zu erwachen. Sie trank keinen Kaffee, mochte aber den Geruch. Dankbar blickte sie ihren Bruder an und brachte ein „Guten Morgen" über die Lippen.

Dieser lehnte sich entspannt zurück und verrührte die drei üblichen Löffel Zucker in seinem Kaffee. Dann begann er mit großem Appetit ein Spiegelei mit einer dicken Scheibe Brot zu verspeisen, wobei er nicht an Pfeffer sparte.

„Ich komme übrigens heute am Abend nicht nach Hause", sagte er nach einigen Bissen. „Ich treffe mich mit Nico, Thanassis und Christos in der Levante." Kassandra hielt gerade die Tasse in der rechten Hand, den kleinen Finger abgespreizt, und trank den grünen Tee in kleinen Schlucken. Sie nickte kurz. Dann begann sie, ihr Spiegelei in winzige Portionen zu teilen und diese nacheinander zu verspeisen, wobei sie darauf achtete, den Dotter so lange wie möglich unberührt zu lassen. Versonnen blickte sie auf ihren Teller.

Yannis beobachtete sie mit besorgtem Blick. Kassandra war so oft in Gedanken versunken. Es täte ihr besser, wenn sie mehr unter Leute gehen würde. Aber das wollte sie nicht. Sie verbrachte ihre Zeit am liebsten allein und schrieb. Yannis konnte diese Vorliebe gar nicht nachvollziehen.

Kassandra sprach immer wieder davon, ein Buch schreiben zu wollen. Was versprach sie sich nur davon? Yannis war Tischler und seine Leidenschaft war das Restaurieren von Möbelstücken. Für diese Arbeit konnte er sich begeistern und er füllte einen Großteil seiner Freizeit damit aus. Wenn er mit der Hand über das Holz fahren und sich dabei vorstellen konnte, wie das Möbelstück durch ihn seine ursprüngliche Schönheit wiedererlangte, dann vergaß er alles um ihn herum. Im Laufe der Jahre hatte er viele Bücher über dieses Handwerk angeschafft, in denen er mit Hingabe las. Aber das waren Sachbücher, man brauchte sie, sie waren hilfreich. Das, was Kassandra las, war davon weit entfernt. Seine Schwester konnte Stunden damit verbringen, in einem Roman abzutauchen. Dabei passierte es häufiger, dass sie zu essen vergaß. Yannis hatte deshalb an vielen Orten im Haus Schüsseln mit Obst aufgestellt, damit sie immer wieder an diese Pflicht erinnert wurde.

„Weißt du schon, was du heute machen wirst?", fragte er Kassandra und seine Stimme klang höher als sonst.

Kassandra blickte ihn erstaunt an und erwiderte noch immer schläfrig: „Ich gehe zu Artos und später möchte ich ein wenig schreiben."

Kassandra pflegte eine innige Beziehung zu ihrem Pferd Artos, was ihr bei Menschen nur selten gelang. Schon wieder will sie schreiben, ärgerte sich Yannis und legte Nachdruck in seine nächsten Worte: „Magst du nicht wieder einmal zu Theia Anna gehen? Es würde dir gut tun, nicht immer so viel alleine zu sein". Auf einmal war Kassandra hellwach. Ihre Wangen wurden vom Blut durchströmt, ihre Muskeln spannten sich an, ihre Augen richteten sich trotzig auf den Bruder. „Nichts passt dir", schleuderte sie schrill heraus. „Immer willst du genau wissen, was ich tue. Lass mich doch einfach machen, was ich will. <u>Dein Kontrollzwang geht mir ziemlich auf die Nerven</u>.“

Abrupt stand sie auf, schob den Sessel energisch zurück, eilte in ihr Zimmer und donnerte die Tür mit einem lauten Knall zu. Zurück blieb ein ziemlich verdattert blickender Yannis, der sich überhaupt nicht mehr auskannte. So erregt hatte er Kassandra noch nie erlebt. Er stand auf ohne zu wissen wozu. Unschlüssig fuhr er sich mit der linken Hand durch sein schwarzes halblanges Haar. Das erste Glied seines Zeigefingers fehlte – ein Tischlerunfall.

Sollte er an Kassandras Zimmertür klopfen oder sie besser in Ruhe lassen? Er tat einen Schritt auf das Zimmer zu, doch im selben Moment fiel sein Blick auf die Uhr. In fünfzehn Minuten sollte er an der Arbeit erscheinen. Der anfangs herrliche Morgen schien einer fernen Erinnerung zu entstammen. Nun musste Yannis sich beeilen. Er packte das Frühstücksgeschirr auf das Tablett und eilte zurück in die Küche. Schnell wusch er alles ab. Den Haushalt in Schuss zu halten, war ohnehin seine Aufgabe. Kassandra sorgte dafür, dass alles schön eingerichtet und gemütlich war, aber an den Aufgaben im Haushalt hatte sie kein Interesse. Yannis störte das nicht. Fieberhaft versuchte er, sich in seine Schwester hineinzuversetzen. Warum hatte sie so heftig reagiert? Er hatte sie auf keinen Fall provozieren oder gar verletzten wollen.

Schließlich nahm er in gekonntem Schwung die schwarze Lederjacke von der Garderobe im Vorzimmer und rief laut „Hab einen schönen Tag, Kassandra!“ durch die geschlossene Zimmertür.

Draußen atmete er noch einmal tief durch und trat den kurzen Weg an. Als er die Tür zur Tischlerei öffnete, waren seine Gedanken schon ganz bei der Arbeit. Mit kraftvollen Schritten und unbewusst vor sich hinpfeifend betrat er das Haus. Freudig begrüßte er seinen Chef Giorgios. Die Auseinandersetzung mit seiner Schwester war aus seinem Kopf verschwunden.

Wut & Kälte

Kassandras Ärger war noch lange nicht verraucht. Sie saß auf dem Bett, das mit ihrer geliebten Patchworkdecke zugedeckt war. Die Großmutter hatte sie vor vielen Jahren für ihre Enkelin genäht. Kassandra hatte damals die Stoffe selber aussuchen dürfen und sie hatte sich für eine bunte Vielfalt an Rot-, Rosa-, Blau- und Grüntönen entschieden. Bestickt war die Decke mit Elefanten, Kassandras Lieblingstieren. Ihre Großmutter hatte ihr einmal erklärt, dass Elefanten die Kraft der Weiblichkeit, die Verbindung von Kind, Frau und weiser Frau darstellten. Elefanten stünden für Fantasie und könnten Kindern helfen, in die Wirklichkeit zurückzufinden, wenn diese sich zu sehr in ihrer Fantasie verloren hätten. Damals hatte Kassandra diese Worte nicht recht verstanden, dennoch waren sie in ihrer Erinnerung haften geblieben und hatten die ehrwürdigen Tiere fest in ihrem Herzen verankert. Den absoluten Blickfang jedoch bildeten unzählige kleine Spiegel, die die Großmutter auf die Decke genäht hatte. Sie reflektierten das Licht in alle Richtungen. Ihre Großmutter hatte damals sehr viel Zeit mit dem Nähen verbracht und Kassandra hatte immer neben ihr gesessen und mit ihr über die frühere Zeit gesprochen. Auch über ihre Mutter. Kassandra hatte die Erzählungen über ihre Eltern gar nicht oft genug hören können und besonders das, was die Großmutter über ihre Mutter berichtete, hatte das Mädchen geradezu aufgesaugt. Wenn sie in ihren Gedanken versunken war, versuchte sie sich häufig vorzustellen, dass ihre Mutter noch lebte und mit ihr reden könnte. Manchmal dachte sie daran, wie sie gemeinsam in der Küche gestanden hatten und sangen und lachten. Kassandra wiegte ihren zarten Körper an der Bettkante hin und her. Das Bett selbst hatte sie gegen Yannis' Willen bei Ikea in Athen gekauft und sich dann nach Naoussa schicken lassen. Yannis war Tischler und hätte mit dem Kauf viel lieber einen er ortsansässigen Betriebe unterstützt. Er hatte ihr sogar angeboten, selbst ein Bett für sie zu tischlern, aber Kassandra wollte nur dieses eine weiße Stahlbett mit den wundervoll verschlungenen Ornamenten an den Bettenden und sie hatte sich gegen ihren Bruder durchgesetzt. Es war ihre erste selbstbestimmte Aktion gewesen, umso mehr liebte sie dieses Bett.

Nun saß sie in ihrem Reich und konnte sich einfach nicht beruhigen. Ihre Zehenspitzen tippten unaufhörlich auf den Boden und ihre Hände hämmerten auf den Schoß. Was war nur los mit ihr? Sie hatte das Gefühl, keine Luft zu bekommen und je mehr sie versuchte, dieses Gefühl zu unterdrücken, umso ärger wurde es und umso enger wurde es in ihrem Brustkorb. Warum konnte Yannis sie nicht einfach in Ruhe lassen? Immerhin mischte sie sich auch nicht ständig in seine Angelegenheiten ein. Das war der Grund für ihre Flucht vom Frühstückstisch. Es hatte gar nicht viel mit dem zu tun, was Yannis in diesem Moment gesagt hatte. Der Ärger hatte sich seit einiger Zeit in Kassandra aufgestaut und nun war das Fass bei dieser Kleinigkeit zum Überlaufen gekommen. Am Abend würde sie mit ihrem Bruder darüber reden. Entschuldigen würde sie sich allerdings nicht, oh nein. Das tat sie ohnehin oft genug.

Kassandra ging rastlos im Zimmer auf und ab. Es roch intensiv nach Lavendel. Sie hatte viel davon im Garten angepflanzt, getrocknet und im Zimmer in kleinen Leinensäckchen verteilt. Sie mochte den beruhigenden

Duft. Wenn sie unruhig war, nahm sie häufig ein paar Blüten und rieb sich damit die Stirn und die Handrücken ein. Bisher hatte ihr das immer dabei geholfen, sich zu entspannen. Doch an diesem Tag war selbst der Lavendel machtlos. Sie ging zum Fenster und öffnete es komplett. Zuerst fühlte sie einen warmen Luftschwall, der aber ganz plötzlich von einem Kälteschub abgelöst wurde. Verwirrt blickte sie sich um und sah zum Himmel auf. Die Sonne stand bereits in voller Kraft und der Himmel war wolkenlos. Wieder verspürte sie einen leichten Windhauch, doch als sie auf die Bäume und Blumen im Garten blickte, konnte sie keine Bewegung erkennen.

Kassandra schüttelte den Kopf, spürte aber zugleich, dass der Vorfall sie von ihrem ursprünglichen Ärger abgelenkt hatte. Sie beschloss, sich an ihren Schreibtisch zu setzen, um zu schreiben. Zu Artos würde sie später gehen. Sie trat an den großen Sekretär heran, den Yannis liebevoll für sie restauriert hatte und strich über das dunkel glänzende Holz. Passend dazu hatte er auch eine Kommode für sie hergerichtet, deren Griffe aus Emaille waren. Jede Lade hatte eine andere Farbe.

Sie klappte ihren Laptop hoch und begann, ihrer Intuition folgend, an ihrem Buch zu schreiben.

„Ich heiße Rhonda und bin die Beschützerin des magischen Steins. Ich wohne in Galga, zusammen mit meinem Stamm. Meine Aufgabe ist es, den Stein zu bewahren. Er ist in unser Dorf gekommen. Seither hat sich alles verändert. Kirtan hat von dem Stein erfahren. Der Stein ist nicht länger sicher. Seit vielen Wochen denke ich schon darüber nach, was ich tun soll. Ich kann nicht mehr schlafen. Ich hasse ihn, weil er meine Sicherheit zerstört hat. Er hat meine Fassade ins Wanken gebracht und meinen Widerstand gebrochen. Er ist kein Fremder mehr für mich. Aber ich werde niemals eingestehen, dass ich ihn liebe. Ich weiß, dass ich ihn töten muss, um meinen Stamm zu retten."

Aufgeregt las Kassandra nochmals durch, was sie soeben geschrieben hatte. Begeisterung machte sich in ihr breit und sie wollte die begonnene Geschichte sofort weiterschreiben. Sie wurde jedoch jäh davon abgehalten. Es begann damit, dass wieder dieser Kältezug ins Zimmer strömte. Sie musste aufstehen und sich eine Weste überziehen. Als sie sich erneut an ihrem Sekretär niederließ, war es nicht mehr möglich, die Maustaste zu bewegen. Sie hatte das unangenehme Gefühl, dass jemand neben ihr stand, ihr über die Haare streichelte und kalte Luft in ihr Gesicht blies. Fröstelnd schaute Kassandra sich im Zimmer um. Es hatte sich nichts verändert. Verwirrt strich sie sich eine Strähne aus dem Gesicht. Wie von Geisterhand bewegt fiel eben diese Strähne wieder zurück in ihr Gesicht, wurde erneut hochgehoben, um danach wieder zurück in ihr Gesicht zu fallen.

Panik erfasste sie. Kassandra erhob sich und drückte ihren Rücken an die Wand hinter ihr. Sie glaubte zwar nicht an Geister, aber das hier war nicht normal.

Sofort fiel ihr eine Freundin ein: Demeter war eine „Hexe" und sie hatte für alles eine Antwort. Kassandra wollte sie anrufen und sie um Hilfe bitten. Hastig eilte sie zu ihrem Nachtkästchen neben dem Bett. Das Handy lag obenauf. Als sie danach griff, drehte sich das kleine Gerät in die andere Richtung. Sie versuchte erneut, es zu fassen, doch wieder bewegte sich das Gerät weg. Kassandras Hand schoss ganz schnell auf das Telefon zu, doch die Wirkung war dieselbe. Plötzlich schwebte das Handy in die Höhe, die Lade ihres Nachtkästchen öffnete sich von alleine, das Handy glitt hinein und war für Kassandra unerreichbar. Sie versuchte, die Lade zu öffnen, erst sanft, dann mit Gewalt, aber sie war fest verschlossen. Kassandras Puls war auf Hochtouren. Sie spürte kalten Schweiß auf ihrer Stirn und versuchte fieberhaft, einen kühlen Kopf zu bewahren. Jetzt war guter Rat teuer.

Ihrer Intuition folgend rief sie innerlich ihre Protagonistin Rhonda zu Hilfe. Binnen Kurzem erschien Rhonda vor ihrem geistigen Auge und stand ihr sofort zur Seite. *Du musst dich mutig stellen. Wenn du deine Angst zeigst, dann ist das ein Schwachpunkt. Wende dich dem Widersacher zu und kämpfe!*

Rhonda hatte recht. Kassandra nahm allen Mut zusammen. Mit wackeliger Stimme sagte sie: „Wer bist du und was willst du von mir?"

Eine kurze Stille folgte und Kassandra wollte schon resignieren, als mit einem Mal eine leicht schrille Frauenstimme zu reden anhob: „Ich bin Sirena. Hüte deine Zunge!"

Kassandra fuhr erschrocken zusammen, drückte sich wieder gegen die Wand. Sie spürte nun wieder diese eisige Kälte. Eine Kälte, die alles um sich herum aufsaugte und auch Freude und Hoffnung einfach verschlang.

Kassandra nahm all ihren Mut zusammen und sagte: „Was ist der Grund, dass du hier bist und was habe ich damit zu tun?" Sirena blies ihr noch mehr Kälte ins Gesicht, sodass sich ihr alle Haare aufstellten. „Auf diesen

Moment habe ich jahrelang gewartet. Ich werde mich an dir und an deinem Bruder rächen."

Kassandra war völlig perplex und einige Sekunden lang zu keiner Regung fähig.

Du musst einen klaren Kopf bewahren, ermahnte Rhonda. Kassandra wandte sich in die Richtung, aus der die kalte Luftströmung gekommen war, und meinte: „Wer immer du bist und was immer du willst: Zeige Dich, damit ich dich sehen kann." Sie war selber erstaunt über ihre klaren Worte. Kassandras Knie waren weich und ihre Stimme zittrig. Angestrengt überlegte sie, was sie und Yannis jemals getan haben konnten, um dieses Wesen zu verärgern. Es schien ein Dämon zu sein und noch nie zuvor in ihrem Leben hatte Kassandra so viel Angst empfunden wie jetzt. Nicht einmal in dem Moment vor vielen Jahren, als ihr Yannis erklärt hatte, dass ihre Eltern bei einem Verkehrsunfall ums Leben gekommen waren. Kassandras Gedanken überschlugen sich und sie versuchte, sich wieder in Rhonda hineinzuversetzen, um deren Zielstrebigkeit und Mut einzuatmen.

Stille. Dann ein grüner Blitz und vor ihr stand eine Frau, etwa in ihrem Alter, mit langen rotblonden Haaren, grünen Augen und einem tief ausgeschnittenen grünen Satinkleid. Auf ihren High Heels trat sie einen Schritt vor. Sie war sehr schlank und bildschön.

So anmutig ihre Erscheinung war, so furchterregend war ihr Blick. Nicht Zorn, sondern abgrundtiefer Hass strömte Kassandra aus diesen grünen Augen entgegen, begleitet von einem neuerlichen Schwall eisiger Luft. Kassandra fühlte sich ohnmächtig, eine Schwere sank auf sie herab und sie verfiel in eine Starre.

In dem Moment, in dem Kassandra wütend auf Yannis in ihr Zimmer rannte, rang Anastasia mit ihrem Gewissen. Seit 20 Jahren wanderte sie für alle unsichtbar in diesem Haus umher und sah ihren beiden Kindern in deren Alltag zu. Anastasia hatte lange schwarze Haare, die zu einem Zopf geflochten waren, und trug ein weißes Kleid, weiße Strümpfe und war schön geschminkt. Ihre Schwester Anna hatte sie so für das Begräbnis hergerichtet.

Anastasia sah, wie Kassandra sich an den Laptop setzte, und spürte sofort die große Gefahr, die im Raum war. Sie konnte niemanden sehen, aber sie fühlte deutlich die Aura des Bösen. Eine dunkle Macht war in das Haus eingedrungen. Was konnte sie tun? Kassandra fröstelte. Als sie aufstand, um sich wärmere Kleidung zu holen, schwebte Anastasia den Kamin auf und ab, wie sie es immer tat, wenn sie nachdenken wollte. Wenn sie sich doch nur telepathisch mit ihrer Tochter in Verbindung setzen könnte. Es war wie verhext!

Kassandra kehrte zurück in ihr Zimmer und Anastasia konnte die steigende Spannung spüren. Denk' nach, mahnte sie sich. Zu Kassandra kann ich keine Verbindung aufnehmen, aber vielleicht zu jemand anderem? Das brachte sie auf eine Idee: Demeter, sie war die Einzige, die keine Angst vor Geistern und Hexen hatte. Demeter war Kassandras beste Freundin.

Anastasia hoffte inständig, dass es ihr gelingen würde, in Kontakt zu Demeter zu treten. Über ihren üblichen Fluchtweg, den Kaminausgang, flog sie lautlos nach oben.

Bald schon war sie bei Demeters Haus angelangt. Zum Glück war die Freundin zu Hause. Anastasia fand die junge Frau in ihrem Zimmer, das sie sich ganz nach ihrem Geschmack eingerichtet hatte. Die Vorhänge waren aus roter Seide, wobei der Stoff sanft in vielen Wellen bis zum Boden fiel und gekonnt drapiert war. Demeter hatte keinen großen Tisch in ihrem Zimmer, dafür unzählige Kissen und Sitzpolster in bunten Farben, rot, orange, lila. Auf einem kleinen Beistelltisch stand eine Speckstein-Skulptur aus sechs Menschen, die sich im Kreis stehend an den Schultern fassten, ein Symbol für den Kreis der Freunde. In der Mitte brannte eine Kerze. Diese Skulptur wurde von vielen Kristallen umringt: Jasper, Amethyst, ein Mondstein und andere, dazwischen ein sehr großer runder Bergkristall. Weiters befand sich am Tisch, es war Demeters Altar, eine kleine Holzschüssel, die mit grauem Sand gefüllt war und Reste von verbrannten Salbeiblättern enthielt. Darauf lag eine schwarz-weiß gemusterte Elsternfeder.

In einem Holzregal an der Wand befanden sich viele kleine Leinensäckchen mit allerlei Kräutern. In einem Fach darunter stand eine in Leder eingeschlagene Schachtel, in der kleine Bögen aus Pergament aufbewahrt waren. Demeter verwendete sie, wenn z. B. Menschen sie aufsuchten, um nach einem Liebeszauberspruch zu fragen, wenn sie sich mehr Geld wünschten oder Fruchtbarkeit, um Kinder zu empfangen. Anastasia hatte Kassandra mit ihrer Freundin darüber sprechen hören. Offenbar gab es vieles, was die Leute sich von ihr wünschten und Demeter hatte großen Zustrom.

An der Wand zum Fenster hing eine Schamanentrommel, die in eine aus bunten Wollresten gehäkelte Hülle eingepackt war.

Von der Decke hingen einige Traumfänger.

Auf einer alten Barockkommode standen eine Ansammlung von schweren, alten, in Leder eingehüllten Büchern und eine Mosaikschatulle. Die Schatulle war mit einem kleinen silbernen Vorhängeschloss versperrt. Es roch intensiv nach Sandelholzräucherstäbchen.

Demeter saß in einer bunten Hose, die an den Knöcheln mit einem Gummizug zusammengehalten wurde, im Türkensitz am Boden. Sie war barfuß, die Nägel orange lackiert. Ihr Oberkörper war von einem kurzärmeligen dunkelroten Baumwollshirt umspannt, das eng anlag. Darüber trug sie ein kurzes braunmeliertes Gilet aus langer Mohairwolle. Um den Hals trug sie eine Lederkette mit einem Drachen, an den Ohren Piercings aus Holz mit Knocheninlay. Am Nacken hatte sie ein Tattoo mit einem kleinen Drachen. Ihren rechten Unterarm zierte ein weiteres Tattoo, das zwei Rosen darstellte, die sich ineinander verschlangen.

Ihre Haare waren zu Rasterlocken zusammengedreht und am Hinterkopf mit einem schwarzen Haarband zusammengebunden.

Demeter hatte die Augen geschlossen, den Blick nach innen gerichtet, sie visionierte. Ihr Körper wurde ab und zu geschüttelt. Sie beugte sich zuweilen nach vorne, um dann abrupt zu verharren. Ihre Gedanken waren ganz weit weg. Ihre linke Hand hob sich geisterhaft und formte sich zu einer Faust. Auf ihrem Gesicht erschien nun ein Ausdruck von Ärger, ihre Stirn runzelte sich und die Augenbrauen zogen sich zusammen. Nur für kurze Zeit, dann schien sie sich wieder zu entspannen. Langsam kehrte sie in ihren Körper zurück, nahm Raum und Zeit wieder wahr. Sie bewegte ihre Fingerspitzen, lockerte ihre Beine und streckte die Arme wie nach einem langem Schlaf in die Höhe. Dann öffnete sie die Augen. Das war Anastasias Zeichen. Sie wollte versuchen, sich in Demeters Gedanken hineinzudrängen. Sie hatte das noch nie getan, doch es schien das einzig Denkbare in diesem Moment und sie musste sich beeilen.

Es war sehr schwer, weil Demeter sie immer wieder zurückdrängte und ihr immer wieder Sperren vorschob. Demeter hatte ein Energieschild aufgebaut, aber langsam und mit einem immensen Kraftaufwand schob Anastasia sich immer weiter bis ins Zentrum von Demeters Gedanken vor. Jetzt war sie mit ihr verbunden. Zuerst schickte sie ihr ein Bild von sich selbst aus der Zeit vor dem Unfall. Demeter wich erschrocken zurück und griff sich schützend mit einer Hand an die Stirn. Sie wollte Anastasia wieder aus ihren Gedanken verscheuchen, aber das war jetzt nicht mehr möglich. Anastasia arbeitete weiter mit Bildern. Das nächste Bild, das sie ihr schickte, war das von Kassandra.

„Oh nein, ist etwas passiert?", entfuhr es Demeter.

Ziemlich unter Druck stehend, überlegte Anastasia, wie sie am besten die Gefahr darstellen konnte. Ihr fiel nichts Besseres ein als das Bild von der Hexe aus *Hänsel und Gretel*. Dann schickte sie Demeter noch das Bild von Kassandras Zimmer.

Demeter dachte kurz nach, reagierte dann aber sofort und lief los. Sie rannte, so schnell sie konnte. Zum Glück wohnte sie nur zwei Straßen von Kassandra und Yannis entfernt. Doch je näher sie kam, desto schwerer fiel es ihr, den Laufschritt beizubehalten. Sie war jetzt noch zehn Meter vom Haus entfernt und es kostete sie all ihre Kraft, um noch weitere fünf Meter näher ans Haus heranzukommen. Weiter kam sie nicht, so sehr sie sich auch anstrengte. Demeter spürte auf einmal eine eisige Kälte. Eine Kälte, die ihre Zähne zum Zittern brachte und ihre Körperhaare zu Berge stehen ließ.

Sie hatte das Gefühl, als komme etwas Dunkles, Machtvolles auf sie zu.

„Zeige dich, damit ich sehen kann, wer du bist", fragte sie mit voller Stimme, viel mutiger, als sie sich innerlich fühlte. In ihren Gedanken stellte sie sich Regenbogenfarben vor, um ihre Aura zu stärken und sich gegen diese dunkle Macht zu schützen.

Vor ihren Augen nahm eine rotblonde Frau mit einem grünen Satinkleid Gestalt an. Ihre Ausstrahlung war so kalt, dass Demeter entsetzt zurückwich. Die Frau spie ihr die Worte entgegen: „Ich bin Sirena. An deiner Stelle würde ich wieder nach Hause gehen. Du hast hier nichts zu suchen."

Demeter spürte den Hass und die dunkle Kraft. Die plötzlich aufkeimende Wut in ihr war jedoch größer als die Angst und sie war auf keinen Fall bereit, einfach aufzugeben und davonzulaufen. Sie blickte Sirena herausfordernd an.

„Wer gibt dir das Recht, einfach hier aufzutauchen und den Racheengel zu spielen?", fauchte sie.

Blitzschnell streckte Sirena ihre Hand in Richtung Demeter aus und schleuderte ihr einen Strahl mit dunkler Energie entgegen. Damit hatte Demeter nicht gerechnet. Sie wurde aus dem Gleichgewicht gebracht. Doch schon bald hatte sie sich wieder gefangen – sie wurde nicht zu Unrecht Hexe genannt. Sie stampfte mit den Beinen auf den Boden, gleichzeitig konzentrierte sie ihre Gedanken auf einen Punkt. Innerhalb kurzer Zeit begann der Boden zu beben und rund um Sirena hatten sich kleine Risse in der Straße gebildet. Demeters Stirn bebte vor Anspannung und ihre Augen waren ganz nach innen gerichtet.

„Ist das alles, was du zu bieten hast?", höhnte Sirena und schickte einen Wirbelwind in Richtung Demeter. Die junge Frau wurde wie eine Feder erfasst und in die Höhe getragen. Ein paar Meter entfernt kam Demeter zu Fall. Sie richtete sich schwer atmend und mit wunden Knien wieder auf. Sie hatte starke Schmerzen in der linken Hand, weil sie beim Sturz auf einen Stein gefallen war. Demeters Blick war nun voller Zorn und mit enormem Kraftaufwand formte sie ihre Hände zu einem Ball und murmelte: „Feuer! Wachse, werde größer, mögen die guten Mächte dich begleiten." Dabei bildete sich auf ihren Handflächen eine Feuerkugel, die immer größer wurde. Sie lenkte ihre Handflächen und schleuderte den Feuerball in Sirenas Richtung.

Gespannt beobachtete sie das glühende Geschoss auf seinem Weg zu der Widersacherin. Dann passierte etwas, womit Demeter überhaupt nicht gerechnet hatte.

Sirena, die noch kurz zuvor mit dunkler Energie geschossen hatte, stand die pure Angst in den Augen. Ihre Hände zitterten so stark, sodass sie das Feuer nicht abwehren konnte. Ihr einziger Fluchtweg war, sich auf der Stelle aufzulösen. Sie schnipste mit dem Finger und war verschwunden. Der Feuerball fiel zu Boden und verglomm.

Demeter rieb sich die schmerzende Hand. Für dieses Mal hatte sie gesiegt. Doch Sirena würde sicher nicht so schnell aufgeben. Mit dieser Einschätzung sollte Demeter recht behalten.

Sirena war vor lauter Wut auf sich selbst am Explodieren. Wie hatte das nur passieren können? Sie hatte Demeter unterschätzt und sich selber nicht geschützt. Feuer war das Einzige, das sie fürchtete, mehr als den Tod. Das hatte damit zu tun, dass eine ihrer weiblichen Vorfahren, Catalina, in ihrem früheren Leben im Mittelalter als Hexe am Scheiterhaufen verbrannt worden war. Sie fühlte sich so verbunden, als hätte sie dieses Schicksal selbst erlitten. Vor wenigen Jahren hatte sie in Australien nur mit Glück einen Buschbrand überlebt und das ganze Grauen ihres früheren Todes war wieder unmittelbar in ihre Seele zurückgekehrt.

Eine solche Blöße wie gerade eben würde sie sich allerdings nie mehr geben. Beim nächsten Mal würde sie sich zu schützen wissen. Auf einmal kam ihr eine Idee: Sie würde nicht an Kassandra, sondern an Yannis herantreten und ihn für sich gewinnen. Sie hatte gelauscht und mitbekommen, dass er sich an diesem Abend im Lokal Levante mit seinen Freunden treffen wollte. So schnell gab sich Sirena nicht geschlagen. Das war erst der Anfang.

Einige Stunden später verließ Yannis die Tischlerei. Es war kurz vor 21 Uhr, höchste Zeit also, sich auf den Weg zu machen. Den ganzen Tag über hatte er nicht mehr an den Ausbruch seiner Schwester gedacht, doch jetzt kam es ihm wieder in den Sinn. Ob sie sich wieder beruhigt hatte? Obwohl Yannis sich dessen sicher war, nahm er das Handy und wählte ihre Nummer. Er wollte kurz ihre Stimme hören, doch es meldete sich nur die Sprachbox. Vielleicht würde er es später noch einmal versuchen. Als er bei der Taverne ankam, stand die Sonne schon tief. Es war immer noch angenehm lau draußen. Seine Freunde waren offenbar noch nicht da. Dafür fiel ihm sofort Alexandra in den Blick, die hinter der Theke stand und mit gekonntem Schwung einige Gläser befüllte. Lachend winkte er seiner langjährigen Bekannten zu. Sie studierte in Athen und verdiente sich ihr Zubrot mit Kellnern in den Ferien.

„Jásu Alexandra. Wie geht's? Was macht dein Studium?", fragte er sie. Alexandra schenkte ihm ein strahlendes Lächeln und errötete leicht: „Jásu Yannis. Schön, dich zu sehen. Es geht mir gut. Ich mache dieses Semester meinen Abschluss. Ich habe mich für ein Stipendium in Harvard beworben. Du kannst mir die Daumen halten, dass ich das schaffe." „Das klingt hervorragend. Alles Gute", freute sich Yannis und vernahm im selben Moment die heiteren Stimmen seiner Freunde Nico, Thanassis und Christos. Sie eilten auf ihn zu, die vier jungen Männer umarmten sich nacheinander und klopften sich auf die Schultern. Mittlerweile war es dunkel geworden, aber immer noch so angenehm lau, dass sie sich an einen Tisch draußen neben dem Brunnen setzten. Vom Nachbartisch roch es verlockend nach Moussaka und Souvlaki. Sie bestellten eine gemischte Platte für 3 Personen, die Alexandra ihnen empfohlen hatte. Yannis orderte eine Flasche Boutari aus Naoussa für alle. Im Lokal war sehr viel los, alle Tische waren nun belegt und in der Küche wurde auf Hochtouren gearbeitet. Neben Einheimischen waren auch viele Touristen hier. Die Taverne hatte sich in den letzten Jahren zu einem Insidertipp entwickelt und der Andrang hatte seither deutlich zugenommen. Für Alexandra war das sicher gut, denn das Trinkgeld dürfte ansehnlich ausfallen.

Die Gespräche der Freunde kamen unverzüglich in Gang und es dauerte nicht lange, bis Yannis seinen Freunden, die er schon von Kindheit an kannte, auch von Kassandras Wutausbruch in der Früh erzählte. Er wusste, dass er seinen Freunden vertrauen konnte und hoffte, dass sie ihm vielleicht einen Rat für den Umgang mit ihr geben konnten.

Nico schüttelte leicht den Kopf und meinte: „Yannis, Kassandra ist 29 Jahre alt. Lass' sie doch einfach machen, was sie will. Du behandelst sie immer noch wie das kleine schutzlose Mädchen. Ich kann mir vorstellen, dass ihr das auf die Nerven geht. Sie ist alt genug, um auf sich selber aufzupassen." Dabei klopfte er Yannis aufmunternd auf den Rücken.

Yannis ließ für einen Moment resigniert die Schultern hängen. Dann ließ er das Handy, das er die ganze Zeit über in der Hand gehalten hatte, um in einem günstigen Moment noch einmal Kassandra anzurufen, in die Tasche zurückgleiten und richtete sich auf. Nico hatte recht. Er durfte Kassandra nicht mehr so bevormunden. Er würde deshalb auch nicht heute, sondern erst am nächsten Tag mit ihr reden.

Das Essen kam und mit großem Appetit hatten die Freunde die große Platte im Nu geleert. Es schmeckte vorzüglich, besonders der Schwertfisch mit Gemüse war eine Delikatesse. Als Alexandra die Teller abräumte, freute sie sich sichtlich über die Begeisterung der jungen Männer. Diese bestellten bei ihr noch eine Flasche Wein und waren mittlerweile beim Thema WM angelangt. Sie beschwerten sich, dass Griechenland so gar nicht gut abgeschnitten hatte. Alle hatten Toto gespielt, getippt und einiges Geld verloren. Nach einer Weile mussten sie alle darüber lachen. Gegen 23 Uhr löste die fröhliche Runde sich auf und Nico, Thanassis und Christos wandten sich zum Gehen. Yannis erhob sich mit ihnen, gab dann aber kund, dass er sich noch einen Moment an die Bar setzen wolle. Spöttisch erwiderte Thanassis: „Treib's nicht zu bunt, du weißt doch, dass Alexandra schon vergeben ist!" Yannis boxte ihn zur Antwort in die Seite.

Er betrat das Lokal und bahnte sich seinen Weg zum Tresen. Etwa auf halber Höhe fing er den Blick einer Frau auf. Er hatte sie noch nie vorher in Naoussa gesehen. Sie schien allein hier zu sein. Ihre schimmernden rotblonden Haare fielen ihr lang auf die Schultern und hoben sich hell von dem eleganten dunklen Kleid ab, das sie trug. Sie strich mit einer Hand aufreizend durchs Haar und lächelte ihn an. Yannis drehte sich verlegen um, um sich zu vergewissern, dass sie nicht jemand anderen gemeint haben könnte. Als sein Blick wieder in ihre Richtung wanderte, nickte sie ihm auffordernd zu. Sie hatte sich zu ihm gedreht und das Kleid war dabei zur Seite gerutscht und hatte den Oberschenkel entblößt. Sie hatte keine Eile, das Kleid wieder gerade zu richten. Das ließ sich Yannis nicht zweimal sagen. Er setzte sich auf den Hocker neben sie und stellte sich vor. Hoffentlich wirke ich nicht wie ein Aufreißer, dachte er und hatte zugleich das starke Bedürfnis, dieser Frau zu imponieren. Er fragte, ob er sie auf ein Glas Wein einladen dürfte. Die geheimnisvolle Frau nickte knapp. Yannis bestellte eine Flasche Gaia von Santorin, der beste Wein, den er jemals getrunken hatte. Die rotblonde Schönheit zuckte ein wenig zusammen, lächelte ihm dann aber gewinnend zu. Als beide ein Glas in der Hand hielten, wagte es Yannis, sie nach ihrem Namen zu fragen. Mit einem zauberhaften Lächeln auf dem Gesicht stellte sich die Fremde als Sirena vor.

„Bist du aus der Gegend?", fragte Yannis, um das Gespräch in Gang zu bringen. Im nächsten Moment hätte er sich dafür ohrfeigen können, dass er so plumpe Fragen stellte. Sirena beugte sich zu ihm hinüber, sodass sie ihn fast berührte, und sagte: „Ich bin auf der Durchreise."

Yannis wollte mehr über diese geheimnisvolle Frau erfahren. „Auf Urlaub oder beruflich?"

Sirena antwortete, ohne lange nachzudenken: „Ich habe hier in Naoussa etwas zu erledigen, mehr etwas Privates. Ich war beruflich schon öfters hier. Ich bin Reiseleiterin."

Yannis zog sich ein wenig zurück. Er mochte Touristen nicht. Seiner Meinung waren sie immer viel zu kurz an einem Ort und mit den Gedanken immer schon beim nächsten. Außerdem war ihm unsympathisch, dass sie immer und überall nur in Gruppen auftraten.

Sirena spürte Yannis' Rückzug und blickte ihn fragend an. „Was machst du beruflich?", säuselte sie und strich sich wie zufällig mit der Hand über die Wange. Dann ließ sie ihre schlanken Finger erneut durch das Haar gleiten.

Yannis konnte sich seine Stimmung nicht erklären, diese Frau war wie ein Magnet. Er konnte seinen Blick nicht von ihr wenden, fühlte sich magisch angezogen. Er hörte sich selber sagen: „Ich bin Tischler, aber viel lieber restauriere ich alte Möbel. Es macht mir richtig Spaß, wenn ich mit meinen Händen über das Holz fahren kann und kleine Unebenheiten erkenne und ganz langsam beginne, alles abzuschleifen. Dann lackiere ich das Holz und zum Schluss, das mache ich besonders gerne, lasse ich es mit Leinöl ein."

Noch nie hatte Yannis einer Fremden so viel von sich selbst erzählt.

Sirena zeigte sich sehr interessiert und hing förmlich an Yannis' Lippen. „Ich habe eine große Liebe für alte Möbel. Am liebsten mag ich Kästen und Kommoden aus dem Mittelalter oder dem frühen Barock."

Yannis war überrascht, Sirenas Interesse so schnell geweckt zu haben. Bei diesem Thema war er in seinem Element. Über Möbelstücke konnte er stundenlang reden.

Alexandra beobachtete die beiden aus dem Augenwinkel. Sie konnte nicht glauben, was sie gerade sah. Diese Frau wickelte Yannis mühelos um den kleinen Finger. Es wirkte fast, als habe sie ihn mit einem Zauber gefangen. Das Lächeln dieser Frau war nicht echt, war Alexandra sich sicher. Doch Yannis schien davon nichts zu bemerken.

Sirena fühlte Alexandras Blick auf sich ruhen und schenkte ihr ein allzu süßes Lächeln. Alexandra wandte hastig ihren Blick ab und machte sich daran, Gläser abzuwaschen. Sie hatte kein gutes Gefühl bei dieser Frau. Nach dem 3. Glas hatte Yannis ausführlich von seinen Restaurierungen erzählt, ja er hatte sogar von seinem geheimen Wunsch berichtet, einmal nach Spanien zu reisen. Er plauderte wie ein Wasserfall. Sirena hingegen blieb die ganze Zeit über zurückhaltend. Schließlich lehnte sie sich noch näher zu Yannis hin und flüsterte ihm ins Ohr: „Magst du noch zu mir kommen? Ich habe nicht weit von hier ein Haus gemietet. Wir müssen nicht lange gehen."

Yannis Herz machte ein Luftsprung und in seinem Bauch begannen Schmetterlinge wild durcheinanderzuflattern.

„Das wäre fein", antwortete er mit nicht ganz fester Stimme. Der Alkohol hatte seine Wirkung nicht verfehlt. Yannis war leicht angeheitert und auf wackligen Beinen unterwegs. Er legte das Geld für den Wein auf den Tresen, gab Alexandra noch ein saftiges Trinkgeld und winkte ihr zu. Als er sich zum Gehen wandte, hakte sich Sirena bei ihm unter. Es war frisch geworden und Yannis bemerkte, dass seine Begleiterin fröstelte. Sofort zog er seine Jacke aus und hängte sie über ihre Schultern. Der Weg war wie versprochen kurz. Über drei Stiegen gingen sie zur Eingangstür ihres Hauses hoch. Schnell hatte Sirena aufgesperrt und bat Yannis, einzutreten.

Das Haus war nett, einfach eingerichtet und fein säuberlich aufgeräumt. Sirena bedeutete Yannis, ins Wohnzimmer zu gehen. Sie selbst wollte gleich zurück sein. Yannis Aufmerksamkeit wurde sofort von einem alten in Leder gebundenen Buch angezogen.

Nach einem kurzen Moment kam Sirena frisch geschminkt mit zwei Gläsern Cognac wieder. Ihre Augen blitzten verführerisch, als sie sich neben ihm auf das Sofa fallen ließ. Yannis Knie wurden weich. Sie prosteten sich zu und Sirena küsste ihn kurz auf den Mund. Yannis nahm einen tiefen Schluck und legte seinen Arm um Sirena. Sie drehte sich zu ihm hin und küsste ihn noch einmal, lang und intensiv. Diesmal war Yannis' Puls auf Hochtouren. Als er einen weiteren Schluck genommen hatte, wurde ihm schwindlig, er versuchte noch, sich irgendwo festzuhalten, dann wurde alles um ihn herum mit einem Mal schwarz.

Entführung & Erwachen

Yannis erwachte am nächsten Tag mit einem dröhnenden Kopf und als er versuchte, sich aufzurichten, wurde ihm gleich wieder schwarz vor Augen. Langsam öffnete er seine Augen und blickte sich um. Er konnte sich nicht erinnern, in dieses Zimmer gekommen zu sein. Er lag in einem fremden Bett und war alleine. Fieberhaft versuchte er, die Ereignisse des letzten Abends aneinanderzureihen. Er konnte sich gerade noch erinnern, dass er Sirena im Lokal kennengelernt und sie danach nach Hause begleitet hatte. Sie hatte ihm einen Cognac angeboten. Was dann passiert war, lag im Dunklen. Wo war Sirena und warum konnte er sich so gar nicht erinnern? Hatte sie ihm etwas in den Cognac getan? Als Yannis gerade beschloss, aufzustehen, um nach irgendwelchen Anhaltspunkten im Zimmer zu suchen, wurde die Tür mit einem Ruck aufgerissen. Sirena stürmte herein.

Hastig bedeckte er seinen Körper mit der Decke. Sirena war völlig verändert, das konnte er sehen und noch deutlicher spüren. Sie funkelte ihn an und er wich instinktiv an den Rand des Bettes zurück. Dann bäumte sie sich vor Yannis' Bett auf und fauchte: „Auf diesen Moment habe ich 20 Jahre gewartet, jetzt kann ich endlich Rache üben."

Es war, als ob ihre Augen Blitze aussenden würden. Yannis hatte das Gefühl, unter einem Beschuss aus Feuer zu stehen. Seine ohnehin rastlosen Gedankengänge überschlugen sich und der Druck schien übermächtig zu sein. Warum um Himmels willen wollte sich Sirena an ihm rächen? Warum war sie auf einmal so hasserfüllt? Sollte er sie fragen? Als er noch einmal zu ihr aufsah, wurde ihm schlagartig klar, dass jeder Versuch zwecklos war. Sirenas Blick sprach Bände. Zu dem glühenden Hass hatten sich Verachtung und Hohn gesellt. Sie beugte sich zu ihm herab, fasst ihn an den Schultern und drückte ihn tiefer in das Bett.

Sirena sagte: „Du bist in meiner Gewalt. Meinem Bann entkommst Du nicht. Ist das klar?"

Sie spie ihm die Worte regelrecht entgegen, um dann mit sehr viel Wind und Theatralik das Zimmer zu verlassen. Yannis kam sich vor wie in einem schlechten Film. Was hatte das alles mit ihm zu tun? Ein dumpfes Gefühl sagte ihm, dass Sirena noch weit mehr Grausamkeiten in petto hatte, dass dieser Besuch nur eine Kostprobe gewesen war. Instinktiv griff er nach seinem Handy, das er immer in seiner Hemdtasche trug. Es war nicht da. Die Zeit eilte. Er musste so schnell wie möglich fliehen. Doch sein ganzer Körper schien ans Bett festgebunden zu sein, obwohl man keine Fesseln sehen konnte. Es musste etwas anderes sein, das es ihm so schwer machte, sich aus der Horizontalen herauszubewegen.

Mit enormem Kraftaufwand stemmte er seine Arme in den Polster, drehte sich zur Seite und begann langsam, seine Füße an den Bettrand zu schieben. Alleine diese Aktion ließ ihm bereits den Schweiß auf die Stirn treten. An der Bettkante verharrte er für einen kurzen Moment, atmete tief durch und versuchte, sich aufzurichten. Beim ersten Mal fiel er gleich wieder auf den Bettrand zurück, seine Füße waren unter seinem Gewicht eingeknickt. Er ließ sich jedoch nicht davon abhalten, es noch einmal zu versuchen. Beim zweiten Versuch ging es ihm schon besser. Mit weichen Knien und wackeligen Beinen versuchte er, ein paar Schritte zu machen.

Es ging, wenn auch langsam. Sein Kopf war schwer und er fühlte sich, als hätte er die ganze Nacht durchzecht. Durch das Aufstehen und Durchatmen war ihm übel geworden. Doch er konnte keine Rücksicht auf seinen Körper nehmen, sein Ziel war, möglichst leise zur Tür zu schleichen und dann die Flucht zu ergreifen. Die Zeit, bis er die Tür des Zimmers erreicht hatte, erschien ihm wie eine Ewigkeit. Dort hielt er sich zuerst einmal erschöpft an der Türklinke fest und versuchte, möglichst wenig Lärm zu machen. Er öffnete die Tür einen Spalt und blickte sich verstohlen um. Er konnte Sirena nicht sehen, hörte aber, wie sie in der Küche hantierte. Mit all seiner Willenskraft begann er langsamen Schrittes zur Eingangstür zu schleichen. Seine Hände waren schweißnass, als er die Türschnalle erreichte. Sein Hemd klebte ihm am Rücken und Schweißbahnen rannen ihm über das Gesicht. Mit einer langsamen Drehung seines Kopfes versuchte er, die nassen Locken aus dem Gesicht zu schleudern. Doch die Strähnen bewegten sich nur wenig und fielen dann sofort wieder über sein rechtes Auge. So leise er konnte, drehte er die Schnalle mit der linken Hand nach links. Die Tür war offen, zu seiner großen Freude. Er drückte sie auf, glitt hinaus und schloss sie leise hinter sich. In seiner rechten Hand hielt er seine Schuhe. Er beugte sich hinunter, einen neuen Schwall an Übelkeit unterdrückend, und schlüpfte langsam hinein. Zum Glück hatte er Sneakers und keine Schnürschuhe dabei. Langsam, mit noch immer wackeligen Beinen, peilte er die Polizeistation in einer Seitengasse schräg gegenüber vom Hauptplatz an. Das schien ihm im Moment der sicherste Ort zu sein. Yannis blickte sich nicht um, fixierte sich nur auf die Polizeistation. Er hielt sich in dem Glauben, dass er sicher war, solange er sich nicht umdrehte. Seinem Ermessen nach war er noch etwa fünfzig Meter von der Sicherheit entfernt. Sein Körper entspannte sich mit jedem Schritt, mit dem er sich seinem Zielort näherte.

Zorn & Vergeltung

Sirena ballte die Hände zu Fäusten und die Fingerknöchel traten weiß hervor. Ihre Nerven waren bis aufs Äußerste gespannt. Nur mit Mühe konnte sie einen körperlichen Ausbruch unterdrücken. Kurz nachdem Yannis aus dem Haus geschlichen war, war Sirena ins Zimmer zurückgekehrt, um nach dem Rechten zu sehen. Zu ihrem Erstaunen war Yannis verschwunden. Ihr Ärger war maßlos, auch der über sich selbst, weil sie schon wieder so unachtsam gewesen war und weil der Bann, den sie ausgesprochen hatte, offenbar zu leicht gewesen war. Wie hatte das nur passieren können? Wenn es nach ihr gegangen wäre, dann hätte sie Yannis mit einem Donnerblitz bestraft. Aber das hätte zu viel Aufmerksamkeit erregt. Sirena stampfte mit dem Fuß auf und eine Welle des Zorns pflanzte sich durch das ganze Haus, sodass alles bebte und die Fensterläden wackelten. Sie hatte erwartet, dass Yannis sich kampflos ergeben würde. Er sollte noch sehen, wer von ihnen beiden stärker war. Sirena würde sich den jungen Mann zurückholen.

Sie rannte förmlich aus dem Haus über den Hauptplatz. Schon von Weitem konnte sie ihn sehen. Eine Woge des Zorns erfüllte sie. Yannis schien sich sicher zu fühlen, denn er blickte sich kein einziges Mal um. Sie war im Nu bei ihm, packte seine rechte Hand und all ihr Zorn explodierte ihn diesem Händedruck. Yannis schrie vor Schmerzen auf. Entsetzt und erschrocken blickte er sie an. Wie hatte sie seine Flucht nur so schnell bemerkt? Er hatte keine Zeit darüber nachzudenken, weil Sirena ihn mit

Gewalt zum Haus zurückzog. Yannis musste das verhindern, um jeden Preis. Er würde sich nicht so schnell geschlagen geben. Yannis würde sich wehren.

Mit beiden Beinen stemmte er sich fest gegen den Boden, um so ein Weitergehen zu verhindern. Sirena rechnete erneut nicht damit, dass sich Yannis zur Wehr setzen würde.

Er will also kämpfen, dachte sie bei sich und verstärkte ihren Druck nur noch mehr. Yannis verzog sein Gesicht vor Schmerz und stolperte beinahe über seine eigenen Beine. Als er sich wieder gefangen hatte, benebelten ihn der stechende Schmerz und die bleierne Schwere in seinem Körper. Sie ist stärker als ich, musste er sich eingestehen, und seine Muskeln erschlafften.

Sirena war darin vertieft, Yannis so schnell wie möglich wieder ins Haus zu bringen, um ihm eine saftige Strafe zu verpassen, sodass sie gar nicht bemerkte, dass der Platz sich inzwischen gefüllt hatte. Sie war mit Yannis nicht mehr allein, Horden von Touristen hatten sich auf dem Hauptplatz eingefunden.

Ein Mann mit weißer langer Leinenhose, einem weißen Hemd mit salopp aufgeschlagenen Ärmeln und einem beigen Strohhut mit schwarzer Schärpe hatte sich aus der Gruppe der Touristen gelöst, kam auf sie zu und blieb zwei Schritte vor ihnen stehen.

„Alles in Ordnung?", fragte er auf Englisch. Sirena sammelte sich innerlich, um ihren Ärger zu verbergen und schenkte dem Mann ein süßes Lächeln. „Es ist alles in Ordnung", antwortete sie in fließendem Englisch.

Daraufhin wollte sie sich mit Yannis weiter auf den Rückweg zum Haus machen. So schnell ließ sich der Mann jedoch nicht abwimmeln. Mit gerunzelter Stirn und Nachdruck in der Stimme fragte er deshalb noch einmal: „Sind Sie sicher?"

Sirena hätte den Mann am liebsten auf der Stelle in weitem Bogen durch die Luft fliegen lassen. Doch sie war hier in der Öffentlichkeit und konnte sich keinen weiteren Fehler leisten. Sie richtete ihren Blick in Richtung Haus und antwortete mit Bestimmtheit: „Danke, mein Mann hat nur etwas zu viel getrunken." Dann hakte sie sich bei Yannis ein und schob ihn langsam weiter. Sie wollte so schnell wie möglich weg von hier, musste sich aber immer wieder ermahnen, diesem Gefühl nicht nachzugeben, denn sonst würde der Mann nur weiteren Verdacht schöpfen.

Deshalb ging sie nun langsamen Schrittes auf das Haus zu. Es kam ihr wie eine Unendlichkeit vor. Als sie nur mehr zwei Schritte vom Haus entfernt waren, spürte sie noch immer den Blick des Mannes auf ihrem Rücken. Aus dem Augenwinkel bemerkte sie, dass Yannis sich zu ihm umdrehte. Endlich waren sie an der Tür angelangt. Mit der linken Hand hielt Sirena Yannis' Hand fest, mit der rechten sperrte sie auf. Wiederum ganz langsam schob sie Yannis ins Haus hinein.

Sie schloss die Tür hinter sich, drehte den Schlüssel dreimal um und steckte diesen dann in ihre Handtasche, die sie mit sich nahm.

Ihr Gesicht war rot gefärbt und sie funkelte Yannis an: „Ich werde dich dafür bestrafen", spie sie ihm ins Gesicht. „Das wird dich lehren, mich nicht mehr zu hintergehen." Yannis hatte das Gefühl, als ob ihn die Blitze aus Sirenas Augen treffen würden, und zuckte zusammen.

Daraufhin zog Sirena Yannis in dasselbe Zimmer, in dem er kurz vorher mit schwerem Kopf aufgewacht war, dabei hielt sie ihn mit starkem Händedruck fest. Yannis hatte die ganze Zeit über kein Wort gesagt und blickte sie nun angsterfüllt, ja voller Panik an. Was würde sie mit ihm tun? Wie würde sie ihn bestrafen?

Mit einem kräftigen Ruck riss Sirena zwei Gardinenschnüre von der Vorhangstange runter. Mit einer fesselte sie Yannis Hände und drückte ihn rückwärts aufs Bett. Mit der anderen band sie seine Beine jeweils an das rechte und linke Ende des Stahlbettes. Sirena fegte aus dem Zimmer und knallte die Türe allein durch ihre Willenskraft mit voller Wucht zu. Zuvor hatte sie Yannis mit ihrem Blick hypnotisiert, sodass er sich diesmal nicht von der Stelle bewegen konnte. Yannis sank gebrochen ins Bett zurück. Seine einzige Hoffnung ruhte nun auf Kassandra. Sie würde anfangen, ihn zu suchen und sie würde ihn finden.

Trost & Rat

Auf den Tag genau eine Woche später.

Kassandra saß auf ihrem Schaukelstuhl im Wohnzimmer vor dem Kamin und fröstelte. Demeter hatte so stark eingeheizt, dass die Fensterscheiben an den Rändern beschlugen und trotzdem fror Kassandra. Auch die Decke ihrer Mutter, die sie eng um sich geschlungen hatte, wärmte sie nicht. Im Hintergrund wusch Demeter das Geschirr, hantierte mit allerlei herumliegenden Dingen und stellte einen Topf mit Wasser auf den Ofen, um Kaffee zu kochen. Kassandra bekam von all dem nichts mit. Ihr Blick war leer und nach innen gerichtet. Ab und zu rollte ihr eine Träne übers Gesicht, die sie nicht wegwischte.

Demeter blickte ihre Freundin hilflos an. Die trostlose Stille war für sie kaum auszuhalten. Sie ging zurück in die Küche und schaltete das Radio ein. Klassische Musik erklang. „Wehmütiges Gedudel ist das Letzte, was ich jetzt hören möchte", nuschelte Demeter und griff an den Knopf, um den Sender zu verstellen. In diesem Moment hob eine männliche Stimme an: „Sie hören eine Suchmeldung. Yannis Theodorakis wird noch immer vermisst. Er ist 37 Jahre alt, 1,90 groß, hat mittellange schwarze Haare. Als er vor einer Woche zuletzt gesehen wurde, trug er blaue Jeans, ein hellblaues Hemd, weiße Sneakers und eine schwarze Lederjacke. Am Zeigefinger der linken Hand fehlt das oberste Glied. Hinweise zu seinem Aufenthaltsort nimmt die Kriminalwache der Polizei Naoussa entgegen. Alle Informationen können Sie auch online unter www.radioclassical.com

unter dem Stichwort ‚Hinweise zu Yannis Theodorakis' Verschwinden' abrufen. Wir wenden uns nun wieder der Musik zu. Sie hören ein Werk von Franz Schubert: ‚Leise flehen meine Lieder'".

Nun konnte auch Demeter die Tränen nicht länger zurückhalten. Sie flossen ihr über das Gesicht, tropften das Kinn hinab auf die Arbeitsfläche in der Küche. Kassandra hingegen war aus ihrer Starre erwacht, als sie den Namen ihres Bruders gehört hatte. Sie war aufgestanden und ganz nahe an das Radio herangetreten.

„Hast du das eben gehört?", fragte sie mit brüchiger Stimme und wurde von einem Weinkrampf geschüttelt. Demeter drückte Kassandra an sich und hielt sie in ihrer Umarmung fest. Kassandra ließ ihren Kopf auf Demeters Schulter sinken und schluchzte.

„Er fehlt mir so. Als ich ihn das letzte Mal gesehen habe, da habe ich mich mit ihm gestritten. Ich habe geschimpft, dass er mich nicht immerzu bewachen soll. Und jetzt ist er es, der wie vom Erdboden verschwunden ist."

„Ich weiß", erwiderte Demeter. Sie drückte Kassandra noch ein wenig fester an sich. Sie fühlte sich wie gelähmt.

In diesem Moment klopfte es. Dimitrios trat ein.

„Jásu Demeter, wie geht's?"

Demeter blickte den Ankömmling mit verweinten Augen an und sagte: „Komm herein."

Dimitrios spürte die Kälte sofort.

Er sah Demeter fragend an, doch sie schüttelte nur den Kopf. „Magst du einen Kaffee?"

Demeter stellte ihm eine Tasse hin, dazu Milch und Zucker. Er nahm einen kleinen Schuss Milch und drei Löffel Zucker, die er nicht verrührte. Der Duft des frisch gebrühten Getränks brachte seine Gedanken zurück zu dem Grund seines Besuches. Nachdem er einen großen Schluck genommen hatte, stellte Dimitrios seine Kaffeetasse wieder zurück an den Tisch, ohne dabei auch nur ein bisschen zu verschütten und wandte sich an die beiden Frauen: „Habt ihr in letzter Zeit Radio gehört? Sie bringen es auf allen Sendern."

Demeter seufzte: „Wir haben die Sondermeldung eben gehört. Kassandra hat sich ganz nahe an das Radio gestellt."

Dimitrios blickte kurz gedankenverloren zu Kassandra, fasste sich dann wieder und meinte: „Das ist sehr gut. Ich habe meine Kollegen aus Athen eingeschaltet. Neben der Radiomeldung verbreiten wir die Suche auch über Steckbriefe, die wir überall aufhängen. Morgen wird überdies eine kurze Meldung im Fernsehen gesendet."

Dimitrios trank seinen Kaffee fertig und stand abrupt auf. „Ich mache mich jetzt wieder auf den Weg. Ich habe mit einem Kollegen aus Österreich einen Skype-Termin in einer halben Stunde ausgemacht. Ich möchte mir noch einige Unterlagen dafür herrichten."

Kassandra blickte ihn fragend an. „Gibt es irgendwelche Anhaltspunkte? Wer hat ihn als Letzter gesehen? Kann ich irgendetwas tun?"

Dimitrios blickte ihr tief in die Augen und sagte: „Kassandra, ich tue alles, um Yannis wiederzufinden. Es sieht so aus, als ob Alexandra ihn das letzte Mal gesehen hat. Er war mit einer Rotblonden im grünen Satinkleid unterwegs. Sonst haben wir noch keine Hinweise. Sobald ich etwas Neues weiß, melde ich mich wieder."

Dimitrios wollte sich schon zum Gehen wenden, da bemerkte er, dass sowohl Demeter als auch Kassandra erkennbar zusammengezuckt waren. Er richtete den Blick noch einmal auf die beiden Frauen. Was sie beschäftige, wollte er wissen. „Eben diese Frau hat an demselben Tag versucht, Kassandra Angst einzujagen. Ich habe sie Gott sei Dank in die Flucht schlagen können", flüsterte Demeter.

Dimitrios hörte dem Bericht der beiden aufmerksam zu. Er war ebenfalls beinahe sicher, dass es sich um ein und dieselbe Person handelte. Er würde diesen neuen Aspekt in seine Untersuchungen hineinnehmen, versprach er und verließ das Haus zielstrebig in Richtung des Polizeigebäudes, welches sich in einer Seitengasse gegenüber vom Hauptplatz befand.

Demeter sah ihm gedankenverloren nach. Irgendetwas machte sie stutzig, aber sie konnte sich nicht erklären, was es war.

Kassandras hatte ihre Schockstarre nun vollends überwunden, die Radiomeldung und der Besuch von Dimitrios hatten ihr Mut gemacht. Ihre ganze Anstrengung galt fortan der Suche nach Yannis. Sie meinte: „Demeter, wie bist du eigentlich vorigen Donnerstag so schnell hergekommen? Ich hatte versucht, Dich zu erreichen, konnte es aber nicht, weil Sirena es immer wieder verhindert hat."

Demeter schüttelte entschuldigend den Kopf: „Ich weiß nicht so recht, ob ich dir das sagen soll. Sagen wir besser: Ich wurde aus dem Jenseits gewarnt."

Kassandra nahm den Faden auf: „Meinst du, dass deine Quelle aus dem Jenseits uns bei der Suche nach Yannis helfen kann?".

Demeter versprach der Freundin, sich in ihrem „Reich" mit den Ahnen in Verbindung zu setzen und sie um Hilfe zu bitten. Doch Kassandra konnte diese Aussicht nicht beruhigen. Aufgewühlt lief sie hin und her. Sie wollte sofort etwas unternehmen, etwas tun, um Yannis zu finden. Aber sie wusste nicht, was.

Fortschritt & Rückschritt

Eine Woche später betrat Aidan Evergreen lockeren Schrittes das Polizeikommissariat in Naoussa. Enge Jeans und ein auf Figur geschnittenes rot gemustertes Hemd betonten seinen lässigen Auftritt. Die Füße des muskulösen Mannes zeigten ein wenig nach innen beim Gehen.

Sein Blick suchte durch die dezentgrüne Brille nach einem Anhaltspunkt im Kommissariat und wurde sogleich freundlich von einer Dame mittleren Alters aufgefangen. Ob sie ihm weiterhelfen könne? Er musste sich erst wieder an die griechische Sprache gewöhnen, entsprechend zögerlich fiel seine Antwort aus. Immerhin waren die Schulzeit und der Griechischunterricht lange her. Nach einigem Ringen um die richtigen Worte, die sich dann doch nicht einstellten, fragte er die Dame, ob sie Englisch verstehe.

Diese lächelte: „A little bit."

Aidan erklärte, nun um Einiges sattelfester, dass er einen Hinweis zur Entführung von Yannis Theodorakis habe und dies gerne der Polizei mitteilen würde.

Erfreut griff die eifrige Dame zum Telefon und sprach sehr schnell auf Griechisch, sodass Aidan nur Teile verstehen konnte. Offenbar erklärte sie auch, dass er nur Englisch spreche. Dann legte sie auf, strich sich die weiße Bluse glatt und forderte ihn auf, sich einen Moment zu gedulden.

Innerhalb von wenigen Minuten kam ein 36-jähriger Mann, mit gepflegten blonden Haaren, was für einen Griechen sehr ungewöhnlich ist, auf ihn zu. In fließendem Englisch stellte er sich als Oberinspektor Dimitrios Xanthopoulous vor, dabei schüttelte er Aidan heftig die Hände. Mit galanter Handbewegung forderte er den Besucher auf, mit ihm in sein Büro zu kommen. Das Zimmer war mittelgroß und machte einen sehr aufgeräumten Eindruck. Alles war säuberlich in Ordnern abgelegt und jedes Utensil auf dem Schreibtisch wirkte, als sei es an seinem unverrückbaren Platz. Ein Blick auf den halbgeöffneten Schrank bot Einblick auf eine Reihe Wechselhemden im Schrank mit jeweils passender Krawatte. Fasziniert betrachtete Aidan die glänzend geputzten Schuhe seines Gegenübers. Aidan konnte einen Staunen nicht unterdrücken. Der Oberinspektor rieb sich die Hände und schien sehr erfreut. „Um welchen Hinweis handelt es sich nun im Speziellen?", fragte er den Gast.

„Mein Name ist Aidan Evergreen. Ich bin Ethnologe und komme aus Australien. Ich bin zurzeit im Urlaub auf Paros und mit einer Reisegruppe unterwegs. Am Donnerstag voriger Woche sind wir nach Naoussa gefahren, um uns die orthodoxe Kirche am Hauptplatz anzusehen. Beim Aussteigen aus dem Bus bemerkte ich am Hauptplatz einen Mann und eine Frau. Die Szene kam mir sofort eigenartig vor. Die Frau versuchte, den Mann in Richtung eines Hauses zu ziehen, doch der Mann wehrte sich mit allen Mitteln dagegen. Ich ging daraufhin auf die beiden zu und fragte, ob alles in Ordnung sei. Die Frau schaute mich zunächst überrascht an, dann erklärte sie schnell, ihr Mann habe zu viel getrunken. Als ich etwas unschlüssig stehen blieb, hängte sie sich demonstrativ bei ihm ein und zog ihn weiter zu diesem Haus. Der Mann warf mir noch einen schnellen Blick zu. Ich bin nicht ganz sicher, aber ich meine, dass Angst in seinen Augen stand und dass sein Blick etwas Flehendes hatte. Finden Sie nicht auch, dass es merkwürdig ist, dass diese Frau – wenn sie doch eine Einheimische ist – perfekt Englisch spricht? Wie dem auch sei, ich hatte die Begebenheit schon wieder vergessen, aber als ich die Meldung vom Verschwinden dieses Mannes immer wieder im Radio hörte und außerdem sein Bild im Fernsehen sah, kam sie mir wieder in den Sinn."

Dimitrios hatte seinen Laptop geöffnet und bereits einiges mitnotiert. Als Aidan schwieg, tippte er noch weiter. Schließlich sah er auf: „Das war also vorigen Donnerstag? Wo genau befindet sich das Haus, in das Sie die beiden haben gehen sehen?"

Aidan antwortete-, ohne zu überlegen: „Genau gegenüber von der orthodoxen Kirche. Es ist das Haus, das drei Stiegen zur blauen Eingangstür hat."

„Können sie mir eine genauere Beschreibung der Frau geben?" Dimitrios blickte ihn erwartungsvoll an. Aidan beschrieb eine Frau mit rotblonden langen Haaren, mittelgroß, sehr schlank. Sie habe ein grünes Kleid getragen.

„Nach meinem Eindruck war die Frau sehr resolut. Sie versuchte, mich mit ihrem süßlichen Lächeln für sich einzunehmen, mir aber kam sie auf seltsame Weise falsch vor. Der Mann, den sie im Schlepptau hatte, machte alles andere als den Eindruck von Betrunkenheit, ja, ich hatte das Gefühl, dass er seine angebliche Ehefrau nicht einmal kannte."

Als Aidan geendet hatte, begann Dimitrios unruhig auf seinem Sessel hin und her zu rutschen. Er wollte nicht unhöflich sein und den Besucher einfach hinauskomplimentieren, doch es zog ihn mit Macht zum Tatort.

Aidan erhob sich, die Eile erkennend, blieb dann aber doch vor dem Schreibtisch des Beamten stehen und begann, von einem Bein auf das andere zu steigen. Schließlich beugte er sich ein wenig vor und sprach dann mit zögerlicher Stimme: „Ich würde Ihnen gerne meine Hilfe anbieten, wenn Sie mich brauchen. Ich kann meine aktuelle Adresse hinterlegen, damit Sie mich erreichen können."

Dimitrios verstaute gerade die Akte in einem abschließbaren Fach seines Tisches und blickte erstaunt hoch. Dann erwiderte er: „Danke, ich werde darauf zurückkommen. Wenn Sie Ihre Adresse bitte bei Sophia an der Rezeption hinterlassen könnten? Das wäre sehr hilfreich. Hat mich gefreut, Sie kennenzulernen."

Dabei drückte er Aidan kurz die Hand, lief dann sportlichen Schrittes an ihm vorbei zur Tür hinaus, klopfte kurz an der nächsten Bürotür und verschwand dahinter, ohne die Erlaubnis zum Eintritt abzuwarten.

Aidan blickte dem Kommissar irritiert hinterher, besann sich dann aber und trat den Weg zurück zum Eingangsbereich an, wo ihn die Sekretärin ein weiteres Mal mit einem freundlichen Lächeln auffing.

Dimitrios indes verlor keine Sekunde. Ohne zu warten, bis sein Kollege das Telefonat beendet hatte, hob er an:

„Costas, wir haben einen Hinweis bekommen, dass Yannis vor einer Woche am Hauptplatz mit einer Frau gesehen wurde. Sie sind in das Haus gegenüber der Kirche gegangen. Ein Tourist hat sie gesehen. Auf geht's. Den Haftbefehl können wir später nachbringen."

Der Kollege hatte die Hand auf die Muschel gelegt und flüsterte nun: „Ich komme." Dann verabschiedete er sich von seinem Gesprächspartner, legte den Hörer zurück und griff nach seiner Dienstwaffe. Dimitrios hatte das Zimmer schon wieder verlassen und war bereits auf dem Weg. Im Laufschritt folgte ihm der Kollege die Treppe hinab und warf sich unterwegs die Jacke über.

Das Haus war nur wenige Meter vom Polizeipräsidium entfernt. Nachdem die beiden Beamten den Hauptplatz überquert hatten, bedeutete Dimitrios seinem Kollegen, zum Hintereingang des Hauses zu gehen. Er selbst wollte den Haupteingang nehmen.

Er klopfte, klopfte dann mit mehr Nachdruck, aber nichts rührte sich. Als er den Türknopf drehte, konnte er die Tür ohne Probleme öffnen. Er betrat den Vorraum und blickte sich sofort nach allen Seiten um. Sein Kollege war genauso mühelos durch die Hintertür ins Haus gekommen und stand ihm nun gegenüber. Dimitrios signalisierte seinem Kollegen, dass er in das Zimmer rechts gehen wollte. Der Kollege wandte sich dem Zimmer links zu.

Leise drückte Dimitrios die Türklinke mit einer Hand hinunter und glitt in das Zimmer hinein. Es war leer. Einzig ein schweres Metallbett stand in der Mitte. Vorhangschnüre waren von der Vorhangstange gerissen und ans Bett gebunden worden. Als Dimitrios sich umwandte und die Tür wieder hinter sich zuzog, fiel die Vorhangstange mit einem dröhnenden Knall zu Boden. Dass das Bett noch warm gewesen war, hatte er nicht bemerkt.

Flucht & Verderben

Sirena stürmte in das Zimmer, in dem Yannis mit ans Bett gefesselten Händen und Füßen lag. Ihre Eile konnte nichts Gutes bedeuten. Sie begann hektisch, seine Beine loszubinden und löste die Schnur um seine Hände. Yannis rieb sich die wund gescheuerten Stellen. Sirena fuhr ihn an und sagte: „Beeil dich, wir fahren zum Hafen." Dabei stülpte sie ihm einen weißen Hut über den Kopf und reichte ihm eine Brille. Dann zog sie eine weiße enge Hose und ein schwarzes T-Shirt aus der Tasche und befahl ihm, beides anzuziehen. Nachdem Yannis sich unter ihrem bohrendem Blick hastig umgezogen hatte, schleuderte sie ihm noch ein weißes Sweatshirt entgegen. Als Yannis es umwenden musste, um es richtig herum anzuziehen, stampfte sie voller Ungeduld mit dem linken Fuß auf, sodass der Boden zu vibrieren begann. Schon schob sie ihn aus dem Zimmer hinaus. Bei der Haustür angekommen, öffnete sie diese zuerst einen kleinen Spalt und spähte auf den Hauptplatz hinaus. Dann zog sie die Tür weiter auf und bugsierte Yannis die Stiegen hinunter. Vor dem Haus stand ein gelbes Auto bereit. Yannis' Augen weiteten sich vor Schreck. Seit dem Unfall seiner Eltern vor zwanzig Jahren war er in kein Auto mehr gestiegen. Er konnte das nicht. Sein T-Shirt war innerhalb von Sekunden schweißnass und von seinen Schläfen rannen kleine Rinnsale das Gesicht und den Hals hinab. Er hatte das Gefühl, sein Herz würde platzen. Sirena bohrte ihre Finger in seinen Rücken und zischte: „Du steigst jetzt auf der Stelle ein." Yannis fühlte einen tiefen, dunklen Abgrund vor sich und meinte, den Boden unter den Füßen zu verlieren. Was war schlimmer, der Abgrund oder die Bedrohung durch Sirena? Es blieb ihm keine Zeit zum Nachdenken. Er konnte gerade noch die Beine anziehen, als sie schon die Seitentür zuknallte, hinters Steuer kletterte und sofort Vollgas gab. Yannis hatte sich angeschnallt, hielt die Augen geschlossen und dachte daran, wie er als Kind mit seinem Vater immer mit dem Boot vom Hafen ins offene Meer hinausgefahren war, um zu fischen. Sein Vater hatte ihm damals immer genau erklärt, was er machen musste. Oft hatte er während dieser Ausfahrten auch lustige Geschichten erzählt. Die gemeinsamen Fischfahrten waren Yannis sehr stark in Erinnerung geblieben, sie waren Männersache gewesen und sein Vater hatte ihm immer wieder auf die Schulter geklopft. Diese Erinnerung stimmte ihn zwar traurig, weil sie ihm den Verlust seines Vaters vor Augen führte, aber sie gab ihm zugleich auch die Kraft, diese Tortur der Autofahrt zu überstehen. Er hatte sich geschworen, niemals wieder in ein Auto zu steigen und er hatte eine enorme Angst.

„Mach' die Augen auf und sieh mich an, wenn ich mit dir rede", fauchte es von links. Yannis gehorchte, sehr gegen seinen Willen. Wie hatte er sich nur so täuschen können, als er Sirena das erste Mal gesehen hatte? Sie war so anders gewesen damals. Noch immer fuhr sie mit ziemlich überhöhter Geschwindigkeit die Landstraße entlang und er konnte aus den Augenwinkeln sehen, dass sie ungeduldig mit ihren Fingern auf das Lenkrad klopfte. Das machte ihn nur noch nervöser. Hätte Yannis von seinem Platz aus das Gaspedal einsehen können, dann hätte er bemerkt, dass Sirenas Fuß es gar nicht berührte und das Auto von alleine fuhr. Doch

Yannis starrte gerade nach vorne und fixierte seine Augen auf einen Punkt am Horizont.

Wieder unterbrach Sirena seine Starre barsch: „Wir werden von Paros eine Fähre nach Athen nehmen. Auf dieser Fähre wirst du dich so unauffällig wie möglich verhalten. Wehe, du nimmst zu irgendjemandem Kontakt auf. Hast du mich verstanden?"

Yannis blickte ihr nicht in die Augen, nickte stumm ins Leere. Im Geiste überlegte er krampfhaft, wie er Zeichen hinterlassen konnte, ohne dass Sirena es merken würde. Er war sich sicher, dass Kassandra ihn bereits suchte. Er musste sich etwas einfallen lassen, um ihr einen Hinweis zu geben.

Als Kinder hatten er und seine Schwester immer ein Spiel gespielt, das sie selber erfunden hatten. Es ging darum, dass sie Wörter finden mussten, die mit jeweils einem Buchstaben ihres Vornamens begannen. Dazu nannten sie die Position des Anfangsbuchstabens innerhalb ihres Namens. So wäre das in seinem Falle „Athen" und „2", weil es um den 2. Buchstaben in Yannis' Namen ging.

Sie fuhren in den für Autos vorgesehenen Teil der Fähre. Es war 10:30. Um 10:45 sollte die Fähre nach Piräus abfahren. Das hatte er auf einem Prospekt gelesen, das ihm ein Mann durch das offene Seitenfenster in die Hand gedrückt hatte.

Yannis blickte suchend in Sirenas Richtung. Die war jedoch damit beschäftigt, ihre Tasche hervorzukramen. Sie musste sich weit zurücklehnen, weil sie sie auf den Rücksitz des Zweitürers gelegt hatte. Hektisch versuchte sie, die Tasche hervorzuziehen, doch diese verkeilte sich immer wieder am Sitz. Diesen Moment nützte Yannis, schnappte sich einen Stift, den jemand vor ihm verloren hatte und schrieb „Athen, 2" auf den Prospekt. Dann faltete er den Prospekt in Windeseile zu einem Papierflieger, öffnete die Autotür und mit all seiner Kraft schoss er diesen über die Reling der Fähre, inständig betend, dass eine Windbrise ihr Übriges tun würde und den Flieger über das Wasser an den Hafen blasen würde. Er schickte ein Stoßgebet nach dem anderen zum Himmel.

Seine Gebete wurden erhört. Wie von Zauberhänden getragen schwebte der Flieger an Land und verkeilte sich neben dem großen Eisenknopf, an dem das Tau des Schiffes befestigt wird. Sofort danach bemühte er sich, seinen Puls wieder zu normalisieren. Als sich Sirena in seine Richtung umblickte, hatte er bereits wieder ein Pokerface aufgesetzt.

„Los, wir gehen jetzt nach oben", sagte sie.

Abschied & Wehmut

Mit gemischten Gefühlen betrat Kassandra die Koppel. Sie war froh, dass Dimitrios nochmals gekommen war, um ihr zu berichten, dass es einen Hinweis zur Entführung von Yannis gab. Es war zumindest eine Spur. Sie würde mit Dimitrios und dem Zeugen, der spontan seine Hilfe angeboten hatte, zum Hafen fahren.

Artos hatte sie schon von Weitem kommen sehen und trabte nun freudig wiehernd auf sie zu. Er war ein schwarzer Hengst von majestätischer Größe. Nun senkte er seinen Kopf und knabberte leicht an Kassandras Schulter. Diese musste auflachen: „Artos, lass' das, das kitzelt." Sie nahm Artos am Halfter und zog ihn zum Stall. Einen kurzen Ausritt wollte sie noch machen, bevor sie mit Dimitrios der Spur nachgehen würde.

Artos wieherte in gespannter Erwartung. Er liebte es wie Kassandra, über die Weiden zu stürmen. Im Nu hatte Kassandra ihr Pferd gesattelt und sich auf den Sattel geschwungen. Augenblicklich fühlte sie sich freier, hoch zu Ross sah die Welt gleich anders aus. Langsam trabend setzte sie über den Weg, der zu den Feldern führte. Dort angelangt brauchte sie Artos' Flanken nur kurz mit den Fersen zu berühren und er ging sofort in Galopp über. Es war wie immer ein herrliches Gefühl und ihre Haare flatterten im Wind, genau wie die Mähne von Artos. Sie würde ihn vermissen. Wann würde sie wieder hierherkommen können?

Kassandra überquerte ein Feld im Galopp und preschte an einem Oliven-hain vorbei. Als sie einen Baumstamm am Weg liegen sah, wich sie nicht aus, sondern steuerte genau darauf zu. „Freiheit", dachte sie bei sich und in einem eleganten Bogen sprang Artos darüber, um dann gleich weiter zu galoppieren. Sein ganzer Körper federte und freudig ließ sich Kassandra auf den Rhythmus des Tieres ein. Sie fühlte sich stark und weiblich. Nur Artos schaffte es, diese Stärke und Kraft aus ihr hervorzuholen. Sie war als Kind immer schon gerne geritten und so war es nicht verwunderlich, dass sie eines Tages den Wunsch nach einem eigenen Pferd geäußert hatte. Yannis hatte ihr diesen Wunsch an ihrem 18. Geburtstag erfüllt. Sie war damals wie heute überglücklich mit ihrem Pferd gewesen. Artos' Flanken waren durch das hohe Tempo und die immer stärker werdende Hitze von Schweiß bedeckt, aber Kassandra spürte seine Kraft und Freude und ließ ihn frei gewähren.

Nur kurz noch, dann musste sie umkehren. Ihr Herz krampfte sich zusammen. Sie konnte sich noch immer keinen Reim darauf machen, warum Yannis entführt worden war.

Unweit von dem Olivenhain, neben dem Kassandra galoppiert war, saß Dimitrios, von Kassandra unbemerkt. Er war zu dem fast verfallenen Weinkeller seines schon verstorbenen Vaters gegangen, um nachzudenken. Er hatte gehofft, dass er seine Gedanken hier sammeln und mehr Klarheit bekommen konnte.

Als er zerstreut zum Horizont blickte, konnte er Kassandra schon von Weitem erkennen. Sie saß auf ihrem geliebten Pferd. Sein Herz verkrampfte sich augenblicklich. Es war nicht das erste Mal, dass er sie auf

Artos reiten sah. Genauer gesagt hatte er sie schon unzählige Male reiten gesehen und noch kein einziges Mal hatte sie ihn ebenfalls wahrgenommen. Ihr Gesicht war beim Reiten erfüllt von einem Ausdruck, den er sonst nie bei ihr entdecken konnte. War es Stärke? Ein Ausdruck von Freiheit? Sie sah anders aus, mutig und stark, war eine ganz andere Frau als die, die er häufig an der Seite von Yannis oder Demeter sah. Schon seit Jahren beobachtete Dimitrios Kassandra heimlich und bekam ein schweres Herz dabei. Doch sie ahnte nichts von all dem. Dimitrios seufzte und fuhr sich mit der Hand durch das perfekt gestylte blonde Haar. Er mochte diesen Ort, weil er hier immer seine Ruhe hatte.

Doch natürlich erinnerte der alte Weinkeller ihn auch schmerzlich an seinen Vater und daran, dass dieser jeden Tag hierhergekommen war, um zu trinken. Dimitrios hasste Alkohol, das Gift hatte aus seinem Vater einen anderen Menschen gemacht. Was für ein tatkräftiger, humorvoller und begabter Mann musste der blonde Österreicher in jungen Jahren einmal gewesen sein! Dimitrios kannte seinen Vater so nur von alten Fotografien. Wie viel Ehrgeiz musste in dem jungen Bauarbeiter gesteckt haben, als er von Österreich nach Griechenland gekommen war, um hier mit dem Hausbau in Touristensiedlungen sein Glück zu machen. Sein Plan war auch eine ganze Weile lang aufgegangen – bis er mit dem Trinken begonnen hatte. Dann war alles in sich zusammengebrochen. Der Vater verlor seine Arbeit, häufte Schulden an und ertränkte die Schulden in noch mehr Alkohol.

Wenn er nicht getrunken hatte, konnte der Vater ein lustiger Mensch sein. Er hatte ihm als Junge einmal ein Taschenmesser geschenkt und Dimitrios hatte es fortan immer bei sich getragen und gehütet wie seinen größten Schatz. Aber wenn sein Vater getrunken hatte, war er vollkommen verändert. Er war nicht gewalttätig, weder ihm noch seiner Mutter gegenüber, aber er war aufbrausend und griesgrämig und verkroch sich tagelang in seinem Keller.

Dennoch, Dimitrios mochte diesen Ort, trotz aller Erinnerungen. Als er den Kopf hob, zog Kassandra seinen Blick sofort auf sich. In einem eleganten Bogen schlug sie mit ihrem Pferd gerade den Rückweg zur Koppel ein.

Dimitrios bemühte sich, seine Gedanken auf die Entführung zu lenken. Über das weitere Vorgehen Klarheit zu bekommen, war ja schließlich das Ziel seines Ausflugs in den Hain.

Bisher hatte er Verbindung zu seinen Kollegen in Athen aufgenommen und auch zu seinem Freund in Österreich, mit dem er sich leidenschaftlich gern auf Österreichisch unterhielt. Sein Vater hatte es ihm beigebracht, vor seinem Absturz, und Dimitrios dankte es ihm noch immer. Die deutsche Schriftsprache beherrschte er nicht, doch mit seinem Freund Franz, der auch Polizist war, in Österreichisch zu plaudern, war ihm immer eine ganz besondere Freude und er verstand sich blendend mit ihm. Franz hatte ihm versprochen, ebenfalls Nachforschungen anzustellen und seine Beziehungen spielen zu lassen. Dimitrios hatte in seiner beruflichen Laufbahn schon einige Entführungen erlebt, aber dieser Fall war anders. Zum einen war er persönlich berührt, aber auch objektiv betrachtet machte die Entführung schlicht keinen Sinn. Es gab nicht den geringsten Hinweis auf ein Motiv, es gab keine Forderung eines Erpressers, keinen Zusammenhang. Das ganze Geschehen war ein einziges großes Rätsel und dieser Zustand war für einen Perfektionisten wie Dimitrios unerträglich. Er hoffte, dass Franz ihm mit seinen guten Kontakten helfen konnte und somit zur Klärung des Falles beitragen konnte.

Seufzend erhob er sich und ging langsam zu seinem Haus zurück. Er wohnte noch immer mit seiner Mutter zusammen. Auch wenn er kein sonderlich inniges Verhältnis zu ihr hatte, seit dem Tod des Vaters hatte er es nicht über sich gebracht, sie im Stich zu lassen. Auch sie war abgestürzt, mit in die Tiefe gezogen worden von der Trinkerei des Vaters. Nun begleiteten sie immer neue Depressionen auf Schritt und Tritt. Ihr Gesicht, das vor wenigen Jahren noch glatt und schön gewesen war, war das einer alten Frau geworden.

Er suchte einige Sachen zusammen und verstaute alles in einer großen Tasche. Wie lange würde er weg sein? Sicherheitshalber packte er noch einige Kleider zusätzlich ein. Höflich verabschiedete er sich von seiner Mutter, die nur kurz den Kopf hob und ihn schweigend anblickte.

Als Dimitrios die Haustür hinter sich zugezogen hatte, bemühte er sich eilig, seine Lungen mit frischer, klarer Luft zu füllen. Dann entfernte er sich in großen Schritten.

In der Zwischenzeit war Kassandra zur Koppel zurückgekehrt und hatte Artos abgetrocknet. Er dampfte, zeigte aber wie immer sein fröhlich-freudiges Schnauben und stupste seine Besitzerin an. Kassandra lächelte. Das war seine Art, ihr zu zeigen, wie sehr er sich freute. Jedes Mal nach dem Ausreiten verhielt er sich so. Kassandra fühlte sich mit Artos auf eine Weise verbunden, wie sie es noch nie mit einem Menschen erlebt hatte. Ihm vertraute sie ihre innersten Geheimnisse an, bei ihm weinte sie sich aus, wenn sie Kummer hatte, und bei ihm allein konnte sie ihre Freiheit tief im Herzen spüren.

Sie wusste nicht warum, aber auf einmal hatte sie einen großen Kloß im Hals. Die Traurigkeit fiel geradezu über sie. Aber warum? Sie würde ja nur eine kurze Weile von Artos getrennt sein. Sicher würden sie Yannis bald finden. Tränen kullerten ihr die Wangen hinunter und Artos, der ihre Gemütsveränderung instinktiv spürte, knabberte wieder an ihrer Schulter und schnaubte ihr ins Ohr. Als ob er sagen wolle: „Es ist alles in Ordnung, Kassandra. Pass auf dich auf. Mir wird es gut gehen. Keine Sorge."

Unwillkürlich musste Kassandra lächeln. Ja, ihr Pferd und sie hatten eine gemeinsame Sprache. Sie drückte ihr Gesicht an Artos Hals und umarmte ihn ganz fest. Dann küsste sie seine Nüstern, was Artos unwillig schnaubend erwiderte, und flüsterte ihrem Pferd entgegen: „Bis bald, Artos."

Sinn & Sinnlichkeit

Yannis versuchte schon seit Tagen, dem eigentlichen Grund für Sirenas Rache auf die Spur zu kommen. Bisher hatte sie entweder unwillig das Thema gewechselt oder seine Frage einfach ignoriert. Momentan saßen sie in einem Apartment unweit der Akropolis beim Abendessen. Als Sirena die Vorräte für einige Tage eingekauft hatte, hatte Yannis sie begleiten müssen, denn sie wollte ihn nicht alleine zurücklassen. Yannis hatte angeboten, zu kochen. Vielleicht konnte das den Bann brechen und Sirena würde endlich preisgeben, worum es bei dem ganzen Spiel eigentlich ging.

Sie hatten Dolmades am Markt gekauft und frischen Schwertfisch. Diesen hatte Yannis in der kleine Kochnische des Apartments gegrillt und dazu Bratkartoffeln und Gemüse zubereitet. Das Kochen hatte ihm auch selbst gutgetan. Immerhin musste er während der Zubereitung nicht mit einem weiteren von Sirenas Gemütsausbrüchen rechnen und konnte ein Stück weit entspannen. Als Yannis zufrieden war mit seinem Werk hatte er die Portionen gleichmäßig auf zwei Teller verteilt und sie zum Schluss noch mit Zitrone und Petersilie garniert. Elegant platzierte er die Teller auf dem Tisch.

Sirena warf ihm einen überraschten Blick zu, als ob sie ihn etwas fragen wollte, drehte dann aber den Kopf zurück und starrte auf den Teller. Zuerst begann sie hastig zu essen, wurde jedoch mit jedem Bissen ruhiger, entspannter und schien das Essen mehr und mehr zu genießen.

Yannis hatte darauf bestanden, dass sie auch Wein kauften. Es war Teil seiner Strategie. Als er nun beiden ein Glas einschenkte, dachte er bei sich, wie eigenartig diese ganze Situation war. Inständig hoffte er, dass sein Plan aufginge. Das Kochen war der Anfang, der Wein die Draufgabe und dann hatte er auch noch das passende Dessert, Joghurt mit Honig und süßen, reifen Melonen bereitet. Sirena sollte sich an seinen Kochkünsten erfreuen und dahinschmelzen. Erst dann würde er langsam anfangen, unverfängliche Fragen zu stellen.

Sirena kaute andächtig an ihrem Essen und Yannis konnte ein inneres Jubeln kaum unterdrücken. Er selber war mit seiner Kochkunst mehr als zufrieden.

Der Wein war gut temperiert. Er hatte ihn zuvor in der Minibar gekühlt und nun konnte er im Glas sein volles Aroma entfalten. Er hatte auf einer Flasche Douloufakis von Nikos Douloufakis aus Kreta bestanden, den er in einer Vinothek unweit des großen Marktes am Fuße der Akropolis entdeckt hatte. Der Wein war verhältnismäßig teuer gewesen, aber Sirena schien das nicht zu stören. Sie hatte ohne mit der Wimper zu zucken bar bezahlt. Ihr Vorrat an Bargeld schien unerschöpflich. In dem Apartment hatten sie jeweils unter einem anderen Namen eingecheckt, Sirena hatte sogar zwei gefälschte Reisepässe bei sich. Das Foto für Yannis' Pass hatten sie unterwegs gemacht. Sirena hatte ihn in einen Schnellautomaten für Passfotos gedrängt und das Resultat eilig zurechtgeschnitten und eingeklebt. Dann hatte sie den Pass mit Wasser beträufelt, damit sich alles etwas verwischte und wirkte, als sei der Pass versehentlich nass geworden. Yannis hatte nur so gestaunt, als er ihr dabei zugesehen hatte, doch es war ihm gelungen, sich unter Kontrolle zu halten. Er behielt sein bekanntes Pokerface.

In Gedanken versuchte er nun, die letzten Tage zu resümieren. Was war seither alles passiert? Er war sich immer noch nicht darüber klar, was er von all dem halten sollte. Seit der Aktion mit dem Auto war Sirena nicht noch einmal aggressiv gewesen ihm gegenüber. Sie zeigte sich noch immer hektisch und teilweise auch gereizt, aber er hatte das Gefühl, dass sie umso ruhiger wurde, je weiter sie von Naoussa entfernt waren.

„Schmeckt köstlich."

Yannis schreckte aus seinen Gedanken hoch und entgegnete: „Tja, ich koche eben gerne".

Für einen kurzen Moment trafen sich ihre Augen, beide fixierten aber sofort wieder das Essen. Die nächste Viertelstunde verbrachten sie schweigend nebeneinander essend, jeder hing seinen eigenen Gedanken nach. Yannis sinnierte darüber, wie er Sirena am besten und unauffällig zum Reden bringen konnte. Bei ihm lockerte Alkohol die Zunge, aber er war sich nicht sicher, ob das auch bei Sirena wirken würde.

Sirena dachte ebenfalls über die letzten Tage nach, als sie plötzlich einen stechenden Schmerz im Brustkorb spürte. Sie hatte das Gefühl, nicht richtig durchatmen zu können, deshalb stand sie auf und ging zum Balkon. Es war ein kleiner Balkon und der Lärm der unter ihm vorbeifahrenden Autos und Lkws war ohrenbetäubend. Ein leichter Wind linderte die Schwüle des Tages. Sirena atmete ein-, zweimal tief durch und fühlte sich gleich besser.

Yannis hatte ihr Weinglas genommen und war ihr auf den Balkon gefolgt. Sirena wich ein wenig zurück und sah ihn verwirrt an, nahm aber dann dankend das Glas und machte einen hastigen Schluck. Was war nur los mit ihr? Immer wieder verlor sie ihre sonst so gut gewahrte Fassung. Es war noch mehr als das, sie fühlte sich wie auf einer Achterbahn. In beruhigendem Ton hob Yannis an: „Der Lärm ist enorm, noch dazu herrscht er beinahe rund um die Uhr. Als ich vor vielen Jahren einmal in Athen war, war es nur zwischen 4 und 6 Uhr in der Früh ruhig. Daran muss man sich erst gewöhnen."

Sirena dachte daran, wie oft sie schon in Athen gewesen war und wie viele Gruppen sie bisher durch Griechenland geleitet hatte. So viele, dass sie zu zählen aufgehört hatte. Bei dem Gedanken an die Reiseleitungen wurde ihr warm ums Herz. Dieser Beruf war ihre Leidenschaft. Ein Lächeln machte sich auf ihrem Gesicht breit und Yannis blickte sie verwundert an. Dann prostete er Sirena freundlich zu.

Wie verrückt ist das nun wieder?, dachte Yannis bei sich und fragte dann, lauter als er eigentlich wollte: „Hast du Lust auf ein Dessert?"

Sirena nickte still lächelnd.

Die Nachspeise war ein Traum. Der Honig hatte sich mit dem Joghurt nur leicht vermischt und die Melonen hatten ihre volle Reife entwickelt. Beide aßen genießend, sich immer wieder Joghurt und Honig von den Lippen leckend, die Melonen mit den Zungen zerdrückend. Ein vollendeter Genuss.

Jetzt, dachte Yannis.

Seinen Kopf hielt er noch auf das Joghurt gerichtet, um dem Ganzen einen beiläufigen Eindruck zu geben. Dann begann er, über den Honig zu sprechen, über griechisches Joghurt, seine Heimat, alles, was ihm so gerade durch den Kopf ging. Dann, nebenbei, ließ er die Frage fallen, wo Sirena eigentlich aufgewachsen sei. Ob sie sich noch an ihr Lieblingsessen erinnern könne? Dabei hatte er beide Gläser neu gefüllt und blickte Sirena fest in die Augen.

Sirena war nicht wenig überrascht, dass Yannis sie all dies fragte, und zögerte. Ihre intuitive Reaktion auf eine persönliche Frage war schon immer gewesen, sich zurückzuziehen und entweder gar nicht zu antworten oder vom Thema abzulenken. Zunächst hatte sie auch heute in diese Richtung gedacht. Andererseits war da auch dieser Wunsch, Yannis etwas von sich zu erzählen. Das ergab alles doch gar keinen Sinn. Innerlich mit sich ringend nahm sie noch einen kräftigen Schluck, um etwas Zeit zu gewinnen. Was war denn so schlimm daran, wenn sie ihm ein wenig von sich erzählte?

„Ich bin in Madrid geboren. Ich kann mich noch erinnern, dass meine Großmutter mir immer wieder Tapas in verschiedenen kleinen Keramikschüsseln zubereitet hat. Die habe ich dann alle durchprobiert. Meine Großmutter schaffte es, sich immer wieder neue Köstlichkeiten auszudenken. Ihr Talent habe ich leider nicht geerbt. Ich kann überhaupt nicht kochen."

Es war gar nicht einmal so schlimm gewesen, dachte sie bei sich.

Yannis fühlte sich von ihrer Reaktion beflügelt und mit vom Alkohol schon etwas lockerer Zunge meinte er: „Deine Mutter, war sie eine gute Köchin?"

Sirena zuckte zusammen.

Oh je, dachte Yannis. Hatte er etwas vermasselt?

„Meine Mutter ist gestorben, als ich fünf Jahre alt war. Ich kann mich nicht mehr gut an sie erinnern. Ich habe die meiste Zeit bei meiner Großmutter gelebt."

Sirena sprach ohne erkennbare Emotion.

Yannis hatte das Gefühl, doch noch nicht alles verpatzt zu haben und ermahnte sich innerlich zur Ruhe und Besonnenheit.

„Das tut mir leid. Ich kann nachvollziehen, wie das ist, ohne Eltern aufzuwachsen", meinte er und war sich selber gar nicht bewusst, dass er dadurch einen alten, uralten eigenen Schmerz wieder hervorgebracht hatte. Als die Gefühle mit Macht heraufstiegen, zog Yannis die Notbremse. Nein, diese Gedanken wollte er nun nicht haben, dafür war jetzt keine Zeit. „Magst du noch etwas Dessert, ein wenig ist noch da?", fragte er, um abzulenken.

Diesmal lachte Sirena laut auf und meinte: „Ich werde das Gefühl nicht los, dass es bei dir immer wieder nur ums Essen geht."

Yannis lächelte zufrieden.

Jagd & Verfolgung

Ein paar Stunden nach ihrem Ausritt rannte Kassandra von Dimitrios'
Auto zum Anlegeplatz der Fähre. Sie blickte sich suchend in der Gegend
um. Ihr Blick blieb an einem blauen Prospekt hängen, das zwischen den
Pfählen, an denen das Seil der anlegenden Fähre festgemacht wurde, ein-
gekeilt war. Sie zog es heraus und wunderte sich nicht wenig, dass sie
tatsächlich einen eindeutigen Hinweis von Yannis in den Händen hatte.
Sie erinnerte sich sofort an das Spiel, das Yannis und sie als Kind immer
gespielt hatten. Es war eindeutig: Athen 2.

„Ich habe einen Hinweis von Yannis", rief sie und wedelte dabei aufgeregt mit dem Prospekt. Dimitrios, Aidan und Demeter waren sofort bei
ihr. Die letzte Fähre in Richtung Piräus war vor drei Stunden abgefahren.
Die nächste Fähre würde erst wieder um 19:25 Uhr abfahren: das war in
vier Stunden. Verflixt, dachte Kassandra bei sich und stampfte mit dem
Fuß auf.

„Er ist nach Athen gefahren, das hat er hier eingezeichnet", fügte sie noch
dazu.

Demeter schüttelte den Kopf und meinte: „Ich glaube, dass sie nicht in
Athen bleiben werden. Ich habe das dumpfe Gefühl, dass sie nicht einmal
in Griechenland bleiben. Die Zeit drängt. Kassandra, ich kann dich leider
nicht mehr weiter begleiten. Wir bleiben aber in Kontakt. Hier gebe ich
dir etwas, bitte verwende es aber nur im äußersten Notfall. Es ist sehr
machtvoll." Dabei gab sie Kassandra die Phiole, die sie bis jetzt immer in

ihrer Schatulle versperrt aufbewahrt hatte. „Wenn du irgendetwas brauchst, du kannst mich über das Telefon jederzeit erreichen. Ich muss jetzt wieder zurück. Ich werde mir ein Taxi nehmen." Demeter drückte Kassandra fest an sich. Kassandra erwiderte die Umarmung.

„Kannst du dich um Artos kümmern?", meinte sie dann und dankte Demeter noch einmal für die Hilfe. Der Gedanke, ohne die Freundin weiterzumachen, jagte ihr Angst ein. Nach Stärke suchend griff Kassandra nach ihrem Medaillon, öffnete es und blickte auf das Bild ihrer Mutter. Auf diesen Moment hatte Anastasia seit Tagen gewartet. Das war ihre Chance. Sie wollte, dass Kassandra dieses Bild von ihr im Kopf hatte und sich so mit ihr in Verbindung setzte. Es war zumindest einen Versuch wert. Anastasia wollte diesen Moment nützen, wo Kassandra ihr so nahe war und an sie dachte. Mit all ihrer Geisteskraft stellte sich das Bild im Medaillon vor und hüllte es in ein großes Herz ein. Dieses Bild wollte sie Kassandra in Gedanken schicken. Es gelang ihr sofort und Anastasia war sichtlich überrascht, wie schnell sie zu Kassandra vorgedrungen war.

Kassandra spürte ein Wärme als sie das Bild ihrer Mutter betrachtet und war von der Liebe, die sie empfing überwältigt. Gerührt wischte sie sich die Tränen weg.

Anastasia schickte Demeter in Gedanken einen Abschiedsgruß mit einem Bild vom Medaillon.

Demeter hatte das Bild sofort aufgefangen, auf das Medaillon geblickt, still gelächelt und dabei den Kopf ein wenig zum Abschied gesenkt.

„Es wird schon alles gut gehen", meinte Demeter an Kassandra gewandt. Sie war froh, dass Anastasia sie ab jetzt begleitete. Auch wenn Kassandra ihre Mutter nicht sehen konnte, es bestand nun eine Verbindung und Demeter wusste, dass Kassandra die Gabe hatte, ihre Mutter zu gegebener Zeit zu spüren. Im Augenblick aber war Kassandra noch nicht bereit dafür. Demeter machte ein Reiki-Symbol um Kassandra, was soviel bedeutete wie Platz für Lösungen, auch für die Loslösung. Dabei dachte sie auch an Anastasia. Beim Abschied meinte sie flüsternd zu Dimitrios: „Versprich mir, dass du auf Kassandra aufpasst." Dimitrios errötete ein wenig und nickte stumm. Dann ging Demeter in Richtung Taxistand und fuhr kurze Zeit später davon, sie hatte die Fensterscheibe heruntergekurbelt und winkte beim Wegfahren.

Aidan bot an, die Karten für die Fahrt nach Piräus zu besorgen. Dimitrios regte an, dass sie bis zur Abfahrt in das nahe gelegene Kaffee Koukoutsi im Zentrum von Parikia gehen könnten. Immerhin hatten sie noch einige Stunden Zeit. Dort könnten sie auch einen Plan für das weitere Vorgehen schmieden. Kassandra war mehr als einverstanden.

Dimitrios beschrieb Aidan kurz den Weg. Dieser wollte später mit den Tickets nachkommen. Als der Polizist aufbrach, folgte Kassandra ihm wortlos, sehr in ihre Gedanken vertieft.

„Er kann noch nicht lange vor uns mit der Fähre gefahren sein. Es gibt immer nur zwei am Tag", meinte Dimitrios an Kassandra gewandt und versuchte, beruhigend zu klingen.

Kassandra hob den Kopf und sagte trotzig: „Aber wir wissen nicht, ob es heute oder gestern oder vorgestern war. Ja, er ist an Bord gegangen, aber verdammt noch mal: wann? Sie könnten inzwischen längst das Land verlassen haben! Es ist zum Aus-der-Haut-Fahren, Dimitrios!"

Kassandra hatte ihren Koffer abgestellt und konnte ihre Tränen nicht mehr zurückhalten. Dimitrios wusste nicht, was er tun sollte. Auch wenn er tief im Herzen spürte, was zu tun war, so wagte er es doch nicht, sondern sprach weiter beruhigend auf Kassandra ein: „Ich bin immer wieder mit meinen Kollegen von der Polizei in Kontakt. Ich habe auch eine Personenbeschreibung an die Hafenpolizei in Piräus durchgegeben. Meine Kollegen sind gewarnt."

Kassandra schnäuzte sich die Nase und wischte sich mit dem Handrücken die Tränen aus dem Gesicht. „Entschuldige Dimitrios, ich danke dir für deine Hilfe. Ich hatte nur für einen Moment das Gefühl, dass wir die Stecknadel im Heuhaufen suchen. Aber du hast recht, es ist gut, dass du deine Kollegen informiert hast. Wir suchen ihn nicht allein", seufzte Kassandra.

Als sie das Kaffeehaus erreicht und ihre Koffer verstaut hatten, fragte Dimitrios die Kellnerin nach dem Tagesgericht. Er wusste, dass der Besitzer dafür bekannt war, jeden Tag frischen Fisch zu besorgen. Es gab Fisch nach Spesos Art, eine Variation von Kabeljau, Schellfisch und Rotbarsch mit Tomaten-Brösel-Sauce. Dimitrios rieb sich erwartungsvoll die Hände. Aidan war mittlerweile ebenfalls eingetroffen und schloss sich bei der Bestellung an. Kassandra bestellte gegrillte Garnelen mit buntem Salat.

Dimitrios brachte Aidan auf den neusten Stand, was seine Kollegen in Piräus betraf, und erklärte, Kontakt zu ihnen aufnehmen zu wollen, sobald sie am Hafen angelangt waren, um zu sehen, ob es schon Neuigkeiten gäbe.

Aidan gab ebenfalls Einblick in seine Unternehmungen: „Ich habe meine Kollegen an mehreren Universitäten gebeten, etwas über den Stammbaum von Yannis und Kassandra in Erfahrung zu bringen. Ich bin über E-Mail mit ihnen in Verbindung. Ich hoffe, dass ich bald etwas höre. Leider ist im Moment Sommerpause und meine Kollegen sind entweder auf Urlaub oder auf Konferenzen und somit nicht an ihrem Forschungsplatz. Auch habe ich versucht, etwas beim Standesamt herauszufinden und habe mir dazu Notizen gemacht. Diese möchte ich gerne gemeinsam durchgehen, Kassandra, um zu sehen, ob meine Informationen Lücken enthalten."

Kassandra hatte gebannt gelauscht. Nachdem Aidan geendet hatte, nickte sie zustimmend.

Ohne dass die beiden es sehen konnten, verdrehte Dimitrios die Augen. Dann wandte er sich Aidan zu und sagte sachlich: „Das klingt ja sehr interessant."

„Ich habe mir gedacht, dass ich in Athen Kontakt zu meinen Kollegen aufnehme. Am besten wäre, wenn wir uns eine Unterkunft in Athen suchen. Wie es dann weitergeht hängt sehr stark davon ab, ob meine Kollegen Hinweise bekommen haben. Erst dann können wir Weiteres planen. Was meinst Du Kassandra?", auf Unterstützung hoffend blickend Dimitrios Kassandra an.

„Das klingt nach einem guten Plan", dabei nickte Kassandra zustimmend.

Inzwischen war das Lokal voll mit Touristen, nur vereinzelt saßen Einheimische an den Tischen. Man hatte einen herrlichen Blick auf das Meer. Nach dem Essen bat Kassandra darum, sie zu entschuldigen. Sie wolle ein wenig am Wasser entlang spazieren. Dimitrios bot an, sie zu begleiten, aber Kassandra wollte lieber allein sein.

Dimitrios und Aidan vertrieben sich also die übrige Zeit damit, Xeri, die griechische Art von Poker, zu spielen. Dimitrios hatte Aidan schnell die Regeln erklärt und als Kassandra von ihrem Spaziergang zurückkam, waren beide in ein leidenschaftliches Gefecht mit den Karten vertieft.

Kassandra hatte die Zeit am Wasser mit Gedanken an ihre Eltern verbracht. Wieder waren ihr die Tränen gekommen, diesmal weinte sie nicht aus Angst davor, Yannis nicht wiederzufinden. Sie weinte, weil sie ihre Eltern so sehr vermisste. Sie hatte eine sehr harmonische Kindheit gehabt. Beide, sie und Yannis, waren immer der Mittelpunkt im Leben ihrer Eltern gewesen. Kassandra hatte sich so geborgen gefühlt und dann war diese Geborgenheit mit einem jähen Schlag durchbrochen worden.

Yannis hatte damals alles versucht, um ihr den Schmerz so gut wie möglich abzunehmen, aber er war selbst in seinem eigenen Schmerz gefangen gewesen. Obwohl Kassandra damals erst neun Jahre alt gewesen war, hatte sie intuitiv schon viel mehr als die anderen Menschen um sie herum wahrnehmen können. Meist war es so, dass sie auf einmal starkes Kopfweh bekam. Sie hatte dabei das Gefühl, als ob ihr Kopf in tausend Teile zerplatzen würde und gleichzeitig viele Bilder auf sie einprasseln würden.

Manchmal war es auch ein ganz heftiges Ziehen im Bauch, das dann ganz plötzlich wieder verebbte und es ihr unmöglich machte, aufrecht zu stehen.

Beschwörung & Enthüllung

Demeter hatte sich gleich am nächsten Tag, nachdem sie sich von Kassandra am Hafen verabschiedet hatte, auf den Boden in ihrem Reich gesetzt, Räucherstäbchen angezündet und den Raum mit Salbei geräuchert. Sie konnte in der Regel schnell in eine Vision einsteigen. Es war beinahe so, dass es ihr zu oft passierte. Deshalb musste sie beim Autofahren immer Radio hören oder eine andere Unterhaltung suchen, die sie davon ablenkte, nach innen zu gleiten.

Demeter war also bald sehr tief in ihre Vision versunken. Wie üblich öffnete sie dabei eine imaginäre Tür, die mit vielen Schutzsymbolen versehen war. In ihrer Vision wanderte sie an einem Fluss entlang, bis sie zu einer Höhle kam. Der Eingang zur Höhle war schmal und dunkel. Demeter erschauderte. Innerlich rief sie ihre Totems, ihre Schutztiere, Fledermaus, Eule und Fuchs zu Hilfe, damit diese sie auf ihrem Weg begleiteten. Bald erschienen alle drei und sie fühlte sich gestärkt durch ihre Krafttiere. Demeter hatte schon immer Angst vor Enge verspürt und oft bekam sie Herzklopfen und Panik, wenn sie eine Höhle besichtigen wollte. Das passte so gar nicht zu einer Hexe und Demeter nahm sich fest vor, eines Tages herauszufinden, warum das bei ihr so war. Sie konnte sich gut vorstellen, ein ganzes Buch zu diesem Thema zu füllen.

In ihrer Vision kroch sie nun hinein in die enge Höhle. Es war stockdunkel drinnen. Panik erfüllte sie: Wie sollte sie zu den Ahnen kommen, wenn es stockdunkel war?

Sie nahm allen Mut zusammen und robbte ein Stück vorwärts. Zu ihrer Freude entdeckte sie einen Feuerstein. Jetzt brauchte sie nur mehr Holz für eine Fackel zu finden. Auch das fand sich bald. Im Nu hatte Demeter ein Feuer angefacht. Selber Feuer anmachen war etwas, das sie stundenlang geübt hatte. Sie hatte sogar Blasen an den Händen bekommen dabei, aber nun beherrschte sie es blind.

Sie nahm die Fackel und leuchtete vor sich. Die Höhle hatte zwar eine enge Öffnung, nun aber konnte man aufrecht stehen. Zur Sicherheit nahm sie Reserveholz mit, als sie begann, mit der Fackel ins Höhleninnere vorzudringen. Der Boden war an manchen Stellen glitschig, sodass sie sich auf jeden ihrer Schritte konzentrieren musste, und die rechte Seite des Weges war offen. Wenn sie nach unten blickte, was sie nur einmal kurz getan hatte, dann fiel es steil ab. Sie hielt sich dicht an der Wandseite. Der Weg führte nicht nur immer tiefer in die Höhle hinein, sondern auch tiefer hinab. Die drei Krafttiere begleiteten sie nach wie vor. Sie konnte ihre Energie spüren, sie jedoch nicht sehen. Was würde am Ende des Weges auf sie warten?

Nach langer Zeit des Hinabsteigens, inzwischen war sie mehr als einmal beinahe ausgeglitten, kam Demeter an einen Bergsee. Sie vermutete, dass sie den tiefsten Punkt der Höhle erreicht hatte.

Für kurze Zeit vergaß sie ihre Panik, in einer Höhle zu sein, und betrachtete den See voller Begeisterung. Es gab keine Wellen, kein Wind blies über die Oberfläche. Friedlich lag er da und strahlte eine unendliche Weisheit und Tiefe aus. Das Wasser des Sees glitzerte an der Oberfläche. Sie hatte ihren Blick noch immer auf den See gerichtet, aber das dumpfe

Gefühl überkam sie, dass sich hinter ihrem Rücken etwas bewegte. Ganz langsam drehte sie sich um, mit allem rechnend. Demeter nahm eine alte Frau wahr. Sie hatte lange Haare, die Augen waren groß und viel breiter als menschliche Augen. Die Ohren waren am oberen Ende spitz und viel größer als menschliche Ohren. Die Frau trug ein langes weißes Kleid. Sie war sehr alt, so alt, dass sich die Haut in vielen Falten über ihre dünnen Glieder gespannt hatte. Helles Licht umgab sie und Demeter spürte einen Feuerball von Energie. Zu Füßen der Frau saß eine schwarze Katze mit grünen, durchdringenden Augen.

Demeter hatte diese Frau noch nie in ihren früheren Visionen gesehen. Wer mochte sie sein? Sie fragte: „Bist du mir gut gesinnt?"

Sie hatte jedoch kaum Zeit, sich weiter Gedanken zu machen, denn schon erklang eine tiefe gurgelnde Stimme.

„Demeter, ich habe dich gerufen, weil ich eine Botschaft an dich habe." Dabei bohrte sich der große Blick der Frau ganz fest in Demeters Augen.

Demeter hatte großen Respekt vor dieser Frau, konnte aber ihre vorlaute Neugier nicht unterdrücken und fragte: „Wer bist du?"

Zürnend antwortete die alte Frau: „Ich bin die Mutter aller Mütter. Ich bin Gaia. Ich bin so alt, wie du es dir nicht vorstellen kannst. Viele Jahrtausende wandle ich schon durch die Zeit."

Demeter war in einer Mischung aus Ehrfurcht und Schrecken zurückgetreten und hatte die Fackel sinken lassen. Sie hatte schon sehr viel von Gaia gelesen, eine Begegnung mit ihr konnte sowohl Gutes als auch Schreckliches bedeuten. Ihre Schultern spannten sich an und sie versuchte, intensiven Kontakt zu ihren Krafttieren aufzunehmen. Gaia hatte ihre Hand erhoben als wolle sie Demeter zur Aufmerksamkeit mahnen und setzte erneut an: „Ich habe gesehen, wie vieles erbaut wurde und wieder zerfallen ist. Ich habe gesehen, wie ihr Menschen Dinge angehäuft habt, um dann wieder alles zu verlieren. Ich habe gesehen, wie Neid und Zwietracht zwischen den Menschen ausgebrochen sind und vieles, was die Natur erschaffen hat, wurde zerstört. Das darf nicht sein. Der Mensch darf sich nicht über die Götter stellen. Deshalb habe ich Engel der Rache ausgeschickt, um die Menschen zu bestrafen."

Ist Sirena ein Racheengel?, schoss es Demeter sofort durch den Kopf.

Gaias Stimme hatte sich zu einem Donner erhoben, sodass Demeter erschrocken zusammenzuckte: „Die Menschen maßen sich an, dass sie die Welt lenken können. Das ist jedoch nicht so. Deshalb haben wir, die Göttinnen, beschlossen, dass dies ein Ende haben wird."

Entsetzt blickte Demeter Gaia ins Gesicht: „Heißt das, dass die Göttinnen die Erde zerstören und die Menschen vernichten wollen? Das kann nicht sein, das darf nicht sein!" Sie hatte ihre Fassung und ihren Kampfgeist wiedergefunden. Alle Angst war verflogen.

„Das haben wir vor, so ist es beschlossen. So wird es sein", sagte Gaia, streckte abermals die Hand aus und schleuderte einen Blitz in den friedlich schlummernden See. Sofort wurde dieser erhellt und die Wucht setzte heftige Wellen in Bewegung, die nun immer größer werdend zum Ufer rollten. Demeter wich entsetzt zurück. Sollte sie etwa in dieser Höhle ertrinken? Es musste einfach eine Lösung geben!

„Gibt es keinen Weg, die Menschen zu retten? Vielleicht durch ein Opfer, das die Göttinnen mit den Menschen versöhnt? Ein Opfer, das die Menschen wieder miteinander verbindet und sie vereint." In ihrer Verzweiflung und Hast hatte Demeter ihre Stimme laut erhoben.

Gaia blickte Demeter geringschätzig an: „Wer sollte in der Lage sein, dieses Opfer zu bringen, und wie sollten die Menschen miteinander verbunden werden? Jahrtausende sind vergangen und nichts dergleichen ist passiert. Warum sollte sich gerade jetzt etwas ändern?"

Demeter dachte fieberhaft nach. Sie hatte nicht viel Zeit und Gaia hatte sich schon wieder halb abgewandt. Nicht aufgeben, es musste etwas geben...das war ihre einzige Chance. Demeter spürte, dass Gaia dazuentschlossen war, die Welt zu vernichten. Es ging um alles oder nichts. Sie musste zumindest versuchen, Gaias Aufmerksamkeit zurückzuerlangen und dann musste sie ihr etwas bieten. Nur was? Spontan und ohne nachzudenken sprudelten folgende Worte aus ihrem Mund: „Ich weiß, dass Kassandra dazu berufen ist, die Welt zu retten. Ich weiß es und ich glaube fest daran." Demeter war nun in ihrem Element, die Erde und die Menschheit zu retten.

Gaia hatte Demeter halbherzig zugehört und meinte verächtlich: „Wer ist diese Kassandra, dass ausgerechnet sie dazu fähig sein sollte?"

„Kassandra ist die Tochter von Anastasia. Sie hat die Kraft dazu. Anastasia hat diese Welt noch nicht verlassen, um ihrer Tochter beizustehen. Sie hat gewusst, dass Großes auf Kassandra zukommen wird und ist deshalb noch immer unerlöst auf Erden, um ihr zu helfen." Demeter hatte sich in ihre Begeisterung geredet, wusste jetzt aber nicht mehr weiter. Was konnte Kassandra tun, um die Menschheit zu retten? Hatte sie zu sehr übertrieben? Würde Gaia zu einem entgültigen Vernichtungsschlag ausholen?

Doch die alte Frau wandte sich ihr wieder voll zu.

„Dies ist die allerletzte Möglichkeit. Einmal noch lasse ich mich erweichen. Dann wird es kein Erbarmen mehr geben. Kassandra muss nach Australien reisen. Wenn es ihr gelingt, das Übel zu besiegen und das Gleichgewicht wiederherzustellen, dann soll dies Auswirkungen auf die Menschheit haben. Kassandra soll den Menschen mit ihrem Vorbild vorauseilen, damit viele ihr nachfolgen und ihre Idee verbreiten. Wenn ihr das gelingt, dann bin ich bereit, das Opfer anzunehmen", donnerte Gaia und das Echo ihrer Stimme überschlug sich in der großen Höhle, sodass von allen Seiten die Macht der Worte auf Demeter einprasselte.

„Danke, Mutter aller Mütter." Ehrfürchtig senkte Demeter ihren Blick und als sie die Augen wieder öffnete und ihren Blick erhob, war Gaia verschwunden und mit ihr das Licht. Auch der See hatte sein Glitzern verloren. Demeter fühlte sich allein gelassen und mit der Dunkelheit kamen auch die Zweifel zurück. Was hatte sie da nur angeboten? Konnte Kassandra das überhaupt schaffen? Sie war doch so zerbrechlich. Demeter war ihrer Intuition gefolgt und hatte gesagt, was sie im Bauch gefühlt hatte. Plötzlich hatte sie große Zweifel daran, ob es richtig war, was sie Kassandra hier zutraute. Ein Windhauch fuhr ihr über die Haut und brachte Demeter, die vollkommen in ihre Gedanken versunken war, wieder zurück in die Höhle. Sie erschauderte leicht, schüttelte die Schultern und streckte ihren Oberkörper. Das ermöglichte ihr, wieder klarer zu denken. Gesagt, getan!

Demeter hatte keine Zeit zu verlieren. Sie musste zurückgehen und Kassandra über alles informieren. In ihrer Vision rief sie ihre Krafttiere zu Hilfe und diesmal bat sie darum, dass sie in ihrer Gestalt erscheinen sollten. In Kürze waren alle drei Tiere neben ihr erschienen und jedes von ihnen strahlte einen Feuerball an Licht aus. Demeter nützte dieses Licht, um ihre Fackel zu suchen, die sie vor lauter Schreck hatte fallen lassen, als sie Gaia ins Gesicht geblickt hatte.

Die Fackel war Gott sei Dank nicht nass geworden, nur ein wenig schmutzig. Sie nahm den Feuerstein, den sie sicherheitshalber mitgenommen hatte, und entzündete ein Feuer mit dem Ersatz-Holzstück. Als sie wieder sehen konnte, machte sie sich auf den beschwerlichen Weg zurück. Die Krafttiere hatten mit dem Anzünden der Fackel ihre Gestalt aufgelöst. Demeter konnte ihre Anwesenheit jeoch weiterhin spüren. Es war nun noch anstrengender als zuvor, weil sie den ganzen Weg bergauf gehen musste. Es kam ihr vor, als sei sie Stunden gelaufen, als sie endlich oben anlangte.

Sie hatte die schmale Öffnung der Höhle erreicht und zwängte sich mit der letzten Kraft, die sie hatte, durch den Spalt, um am anderen Ende nach Luft zu ringen und erschöpft auf den Boden zu sinken. Sie hatte jedoch auch hier keine Zeit zu verlieren, musste weiter den Fluss entlang wandern, bis sie endlich zu ihrer Tür kam. Erleichtert schloss sie die Tür hinter sich und langsam wurde sie sich der Geräusche in ihrem Zimmer wieder bewusst. Sie roch den Duft von Salbei und spürte ein Kribbeln in den Füßen. Sie bewegte die Finger auf und ab und als sie so weit das Gefühl hatte, wieder im Zimmer angekommen zu sein, öffnete sie die Augen.

Demeter fühlte sich erschöpft und war doch froh, heil wieder zurückgekommen zu sein. Sie nahm ihre Rassel aus Muscheln und bewegte sie langsam und der Klang brachte sie wieder ganz in die Wirklichkeit zurück.

Sie musste so schnell wie möglich Kontakt mit Kassandra aufnehmen.

Versuch & Irrtum

Aidan saß in seinem Hotelzimmer in Athen in einer noblen Gegend unweit vom Syntagma-Platz. Auf dem Tisch stapelten sich Sachbücher und verschiedene dicke Notizbücher, die vollgefüllt waren mit wissenschaftlichen Kommentaren und Entwürfen für Projektanträge. Der Forscher saß über seinen Laptop gebeugt und versuchte angestrengt, die Informationen, die er von einer Kollegin von der Harvard-Universität bekommen hatte, auszuwerten. Seine Stirn war leicht gerunzelt, was immer unbewusst geschah, wenn er in eine Arbeit vertieft war. Er hatte Anna Kovacs während einer Konferenz im Vorjahr in Philadelphia kennengelernt und hatte damals ihrem Vortrag zu Ahnenforschung sehr fasziniert gelauscht. Beim Konferenz-Dinner am Abend hatten sie zufällig Plätze nebeneinander zugeteilt bekommen und sich den ganzen Abend angeregt unterhalten. Auch nach der Konferenz waren sie weiterhin in Kontakt geblieben und hatten sogar angedacht, ein Projekt miteinander zu starten. Noch vor der Abreise von Naoussa hatte Aidan Kontakt mit Anna aufgenommen.

Anna hatte prompt geantwortet und ihm Informationen über den Familienstammbaum von Kassandra und Yannis per E-Mail geschickt. Aidan filterte heraus, was ihm wichtig erschien, war aber nicht wirklich zufrieden. Er hatte herausgefunden, dass die Urahnen von Yannis und Kassandra in Spanien gelebt hatten. Es gab sogar einen eindeutigen Hinweis darauf, dass sie in Barcelona gelebt hatten, aber ansonsten gaben die Nachforschungen nicht viel her. Was ihn aber stutzig machte, war, dass er aus einem Grund, den er sich selbst nicht erklären konnte, mit seinen Gedanken immer wieder zu dem Thema seiner Dissertation kam: „Hexenverbrennungen im Mittelalter".

Seine Unterlagen zeigten ihm, dass der Stammbaum der Familie bis ins 14. Jahrhundert zurückverfolgt werden konnte. Barcelona war ebenso wie Cordoba und Valencia Angriffspunkt der Spanischen Inquisition gewesen, weil zu dieser Zeit in diesen Städten sehr viele Juden gelebt hatten, die schon damals als Feindbild galten. Warum aber musste er ausgerechnet daran denken?

Aidan hatte das starke Gefühl, dass er mehr über Sirena wissen müsste, um weiterzukommen. Wenn er nur den richtigen Familiennamen von Sirena erfahren könnte, könnte er Anna wieder bitten, neue Nachforschungen anzustellen. Aber dieser Weg war versperrt, es gab keine weiteren Informationen über Sirena. Als Aidan merkte, dass er darüber hinaus keinen Ansatzpunkt für neue Überlegungen hatte, wurde er regelrecht ärgerlich. Sackgassen waren ihm ein Greuel und auch wenn er es sich nach außen hin niemals würde anmerken lassen, im Inneren fraß ihn sein Ehrgeiz manchmal regelrecht auf.

Aidan verschränkte die Beine und beugte sich wieder über den Hotelschreibtisch, auf dem seine Unterlagen ausgebreitet lagen. Er schleppte immer eine große Aktentasche mit sich, egal ob er auf Urlaub oder auf Studienreise war. Die Gelegenheiten, wo er sie während einer Reise nicht gebraucht hatte, waren rar. Aber diesmal schienen ihm auch die Bücher nicht weiterzuhelfen. In Gedanken versunken starrte er aus dem Fenster. Es war Nachmittag und Dimitrios hatte vorgeschlagen, dass sie sich am frühen Abend zum Abendessen treffen sollten. Die Stunden mit Ratlosigkeit zu verbringen, war eine Vorstellung, die Aidan beinahe aggressiv machte.

Als es klopfte, erhob sich Aidan sofort. Zu seinem Erstaunen stand Kassandra in der Tür. In gebrochenem Griechisch fragte er besorgt: „Ist alles in Ordnung? Ist etwas geschehen? Kann ich Ihnen helfen?"

Kassandra blickte nun ihrerseits überrascht. Üblicherweise sprachen Aidan und sie Englisch miteinander. Sie hatten sich darauf geeinigt, weil Aidan nicht so gut Griechisch sprach, dass er in dieser Sprache hätte diskutieren können. Da sowohl Kassandra als auch Dimitrios aber perfekt Englisch sprachen, war dies kein nennenswertes Problem gewesen. Nun war Aidan das Griechisch so herausgerutscht, weil er verwirrt war. Er wusste auch gar nicht, ob er mit Kassandra per Du war oder nicht, was im Englischen nie aufgefallen war.

Kassandra antwortete auf Englisch: „Ich bitte dich, nein. Es ist nichts passiert. Ich war nur neugierig, ob … Ist es in Ordnung, wenn ich reinkomme?"

Aidan war sehr erfreut, gab Kassandra die Hand und bat sie einzutreten.

„Also ich wollte fragen, ob die Daten etwas ergeben haben", fuhr Kassandra fort und strich ihr Kleid glatt. Es war ihr Lieblingskleid, das mit den roten Blumen. Ihre Mutter hatte es am Tag des Unfalls getragen. Kassandras Großmutter hatte es putzen lassen, repariert und im Kasten aufgehoben.

Aidan deutete auf den Sessel und bat sie, Platz zu nehmen. Wie zerbrechlich sie aussieht, dachte er, während er die Bücher vom Tisch räumte. „Darf ich dir etwas von der Minibar anbieten?", fragte er. Kassandra lehnte nicht ab. Ihr war nach einem aufmunternden, belebenden Getränk zumute. Aidan griff eine Flasche Champagner, öffnete sie gekonnt und füllte zwei hohe Gläser. Als er Kassandra zuprostete, schlug er, einer Laune folgend, vor, dass sie auf ihr Du trinken könnten. Schon nach wenigen Schlucken war Kassandra etwas erheitert. Sie war keinen Alkohol gewöhnt und folgte Aidans Rede mit bereits leicht glasigem Blick, als er ihr von ihrem Stammbaum erzählte.

Es wunderte Kassandra nicht sonderlich, dass Aidan eine Verbindung nach Spanien erwähnte. Ihre Großmutter hatte einmal erwähnt, dass die Familie spanische Wurzeln hätte. Als ihr Aidan aber erzählte, dass er anhand des Stammbaums keinen brauchbaren Zusammenhang zur Entführung ihres Bruders hatte herstellen können, konnte sie ihre Enttäuschung kaum verbergen.

Aidan bemerkte, wie ihr zarter Körper zusammensank und fürchtete, sie würde aufbrechen und von ihm weggehen wollen. Also bemühte er sich schnell um ein anderes Thema und hörte sich über seine Dissertation sprechen und über seine Begeisterung für das Mittelalter. Er bemerkte, dass Kassandras Aufmerksamkeit voll bei ihm war und gestikulierte aufgeregt mit den Händen. Als er beim Thema „Hexenverfolgung" angekommen war, griff Kassandra sich plötzlich an den Kopf und krümmte sich zusammen. Sofort danach richtete sie sich wieder auf und atmete tief durch.

Aidan fragte besorgt: „Ist etwas mit dem Champagner nicht in Ordnung? Oder hat dich erschreckt, was ich erzählt habe?" Dabei blickte er sie mit freundlichen Augen an.

Kassandra versuchte, seinen Blick zu erwidern, konnte ihre Augen jedoch nicht ausrichten und blickte durch Aidan hindurch. Der unerklärliche Kopfschmerz war noch immer da. Sie kannte diese kurzen Attacken, die sie häufig ereilten – meist dann, wenn sie spürte, dass irgendetwas Unangenehmes passieren würde. Weil sie nicht wusste, wie sie diese Eindrücke in Worte fassen sollte, versicherte sie Aidan: „Alles in Ordnung. Ich habe nur auf einmal Kopfweh bekommen, wahrscheinlich ist das die Hitze."

Aidan spürte, dass das nur die Hälfte der Wahrheit war, wusste aber nichts zu entgegnen. Als Kassandra sich mit den Worten erhob, sie wolle sich vor dem Abendessen noch ein wenig hinlegen, ohrfeigte er sich innerlich dafür, dass er so viel geredet hatte. Hatte er sie verscheucht? Diese Frau faszinierte ihn sehr, obwohl oder vielleicht sogar weil er aus ihr nicht schlau wurde.

Zuvorkommend geleitete er Kassandra zur Tür und gab sich Mühe, seine Enttäuschung zu verbergen. Als er seine Bücher zurück auf den Tisch räumte, in den Stuhl sank und einige Unterlagen aufschlug, war ihm klar, dass er sich nicht würde konzentrieren können.

Gesucht & nicht gefunden

Es war nun schon zweit Mal passiert, dass Kassandra, Dimitrios und Aidan Sirena und Yannis um ein Haar verpasst hatten. Das Haus am Hauptplatz, in dem sie verschwunden waren, war beim Eintreffen der Polizisten längst verlassen gewesen. Die Fähre, die Yannis und Sirena bestiegen hatten, hatte schon abgelegt, als sie den Hafen erreichten. Nun gingen sie einem Hinweis von Dimitrios' Kollegen am Hafen nach. Man hatte Yannis in Athen gesehen. Auf die Flugblätter hin, die Dimitrios und Aidan in der Stadt verteilten, erinnerten sich tatsächlich einige Menschen an das ungewöhnliche Paar. Doch es half nichts: Yannis und Sirena blieben verschwunden.

Kassandra erinnerte sich an Demeters Mahnung und schlug vor, den Flughafen aufzusuchen. Dort ließ Dimitrios seine Kontakte spielen. Durch einen Zufall fanden sie heraus, dass Yannis und Sirena eine Maschine nach London bestiegen hatten: eine Sicherheitsbeamtin konnte sich an einen Mann erinnern, der dem Mann auf dem Flugblatt sehr ähnlich gesehen hatte. Sie hatte ihn in Erinnerung behalten, weil sein Pass zerfleddert und wellig gewesen war, er musste einmal nass geworden sein. Doch Yannis' Name tauchte in keiner der Passagierlisten auf.

Kassandra, Dimitrios und Aidan hefteten sich weiter an die Fersen der beiden, doch in London schien sich ihre Spur zu verlieren. Als sie schon dabei waren, zu resignieren, bekam Dimitrios einen Anruf von seinem Kollegen in Naoussa. Eine Person griechischer Nationalität, hatte die beiden am Londoner Flughafen gesehen. Die Person war in eine Diskussion verwickelt gewesen und hatte dabei bemerkt, wie ein Paar, auf das die Beschreibung passte, zum Gate gerast war. Die Destination sei Madrid gewesen.

Dimitrios war das mehr als komisch vorgekommen und er traute dem Hinweis nicht. Aber Kassandra bestand darauf, der Sache weiter nachzugehen. Es sei immerhin ihre einzige Hoffnung, argumentierte sie.

Aidan hatte inzwischen weitere Informationen von seiner Kollegin Anna bekommen, die eine eindeutige Verbindung nach Spanien zeigten. Vielleicht gab es irgendeine Verbindung zwischen den Vorfahren von Yannis und Sirena, die ja in Barcelona gelebt hatten.

Als sie in Madrid ankamen, versuchten sie ihr Glück in den großen Hotels in der Nähe der Plaza de Major. Nach einigen erfolglosen Versuchen erkannte eine Dame an der Rezeption eines vornehmen Hotels das Paar anhand der Fotos, die Dimitrios mit sich führte. Die Dame fand jedoch keine Buchung auf die Namen von Yannis und Sirena. Die beiden hätten unter dem Namen Velazquez eingecheckt, berichtete sie. Bereits vor zwei Tagen allerdings hätten sie das Hotel wieder verlassen.

Schon wieder zu spät. Dimitrios fluchte auf: „Verdammt, wieder verpasst. Es ist zum Aus-der-Haut-Fahren!" Dabei donnerte seine Faust auf den Empfangstresen, sodass die Dame erschrocken auffuhr.

Aidan versuchte, die Gemüter zu beruhigen: „Immerhin, wir sind ihnen auf den Fersen und meines Erachtens werden sie Spanien so schnell nicht verlassen. Mit dem Flugzeug ist es zu riskant. Es bleibt uns nichts anderes übrig, als auf Hinweise zu warten, sodass wir beim nächsten Mal schneller sein und sie überrumpeln können. Was meinst du, Kassandra?" Kassandra war in ihren Gedanken versunken. Sie ärgerte sich über den zeitlichen Verzug genauso wie Dimitrios. Als Aidan aber sprach, besann sie sich und lauschte fasziniert seiner Rede. Sie nahm kaum wahr, was er sagte, doch die Art, in der er sprach, brannte sich tief und warm in ihr Herz.

Sie mochte seine tiefe Stimme und die positive Art, in der er an Dinge heranging. Überhaupt, sie fühlte sich sehr sicher in seiner Gegenwart. Es war sogar so weit gekommen, dass sie ihn vermisste, wenn er nicht in ihrer Nähe war.

Seit sie gemeinsam aufgebrochen waren, war das glücklicherweise nur selten vorgekommen – Aidan hatte dann immer versucht, mithilfe seiner Kollegen etwas über Sirenas Hintergründe herauszufinden. Bis jetzt allerdings hatte er wenig in Erfahrung bringen können. Seine Kollegen hatten zwar den Stammbaum von Yannis und Kassandra bis ins Mittelalter zurückverfolgen können und hatten einen wesentlichen Hinweis darauf erhalten, dass es eine Verbindung zur spanischen Inquisition und zur Hexenverbrennung geben könnte, was das alles aber mit Sirena zu tun hatte, lag völlig im Dunkeln.

„Alles in Ordnung, Kassandra?", meinte Aidan noch einmal und holte Kassandra aus ihren Tagträumen.

„Ja, ich war mit meinen Gedanken woanders. Ich habe jedoch alles gehört, was du vorhin gesagt hast und denke, das ist unsere einzige Chance." Kassandra hatte plötzlich den Eindruck, dass Dimitrios sich überflüssig vorkam und wandte sich deshalb an ihn: „Dimitrios, hast du in letzter Zeit etwas von deinem Kollegen aus Österreich gehört? Du hast doch gesagt, dass er Verbindungen hätte. Vielleicht kann er uns weiterhelfen?" Dabei warf sie ihm einen hoffnungsvollen Blick zu.

Dimitrios, mehr als froh, wieder das Wort und die Führung ergreifen zu können, antwortete: „Das stimmt, ihn habe ich in letzter Zeit etwas vernachlässigt und ich werde mich sofort bei ihm melden. Seine Kontakte und Verbindungen sind unbezahlbar und Gold wert." Freudig rieb er sich die Hände und sah Kassandra voller Lob und Bewunderung an. Franz hatte Kontakte, die sonst niemand so leicht bekommen konnte, unter anderem zu einer geheimen Bruderschaft. Franz hatte ihm nie den Namen dieser Bruderschaft verraten und ihn bei dem ganzen Thema um Verschwiegenheit gebeten. Gleichwohl hatte er sich auch erboten, alle Kontakte zu nutzen, wenn er Dimitrios damit behilflich sein konnte.

Dimitrios, Aidan und Kassandra vereinbarten, sich Zimmer in dem Hotel zu nehmen, wo Yannis und Sirena zuletzt gesehen worden waren. Kassandra freute sich darauf, einen Moment ausruhen zu dürfen. Außerdem sehnte sie sich danach, in Ruhe mit Demeter zu telefonieren. Ob sie inzwischen etwas im Zusammenhang mit den Ahnen in Erfahrung bringen konnte? Kassandra hatte schon ein paar Mal von unterwegs aus versucht, die Freundin zu erreichen, doch bislang war es ihr nicht gelungen.

Die drei verabschiedeten sich im Hotelflur und verabredeten sich für zwei Uhr zum gemeinsamen Mittagessen. Jeder von ihnen war gespannt, was die jeweils anderen bis dahin Neues in Erfahrung gebracht haben würden.

Verwirrung & Verzagen

Sirena und Yannis waren von Athen nach London und von London über Madrid nach Barcelona geflogen. Seit einem Tag waren sie nun in Barcelona. Yannis liebte diese Stadt von Anfang an. Der Klang der Sprache war ähnlich wie der seiner eigenen Sprache, obwohl er kein Wort verstand. Wenn die Umstände nicht gewesen wären, hätte er diese Stadt sicher genossen. Sirena hatte sich in den letzten Tagen sehr zurückgezogen. Sie hatte weniger Appetit und war sehr blass. Yannis hingegen hatte unverändert großen Appetit und die spanische Küche sagte ihm zu. Er hatte sogleich herausgefunden, wo es die besten Tapas in der Nähe der Pension gab, in der sie wohnten. Es war keine Nobelunterkunft, aber die Lage war ideal: Nur wenige Schritte entfernt war Las Ramblas, der große Markt. Yannis hatte große Lust, dort hinzugehen, doch Sirenas Stimmung nach zu urteilen, war es besser, sie jetzt nicht darauf anzusprechen.

So sehr Yannis sich freute, in Barcelona zu sein – warum er hier war, davon hatte er noch immer keinen blassen Schimmer. Sirena war in Athen zwar etwas aufgetaut und hatte ihm einiges aus ihrer Kindheit erzählt, doch als sie dann im Flugzeug von London nach Madrid saßen, war sie plötzlich sehr kurz angebunden gewesen und hatte jede Plauderei sofort unterbunden. Auf dem Anschlussflug nach Barcelona hatte sie gar nichts mehr gesprochen. Wenn er doch nur ein bisschen in sie hineinsehen könnte! Wenn er doch nur verstehen könnte!

Dennoch, Yannis saugte alles, was er von Barcelona zu sehen bekommen konnte, auf wie ein Schwamm. Er hatte schon vor Jahren immer wieder Bücher über die Stadt gekauft und studiert und sich intensiv mit den Bauwerken auseinandergesetzt. In der Pension einige Prospekte, welche er sehr interessiert studierte. Dann breitete er den Stadtplan auf dem Tisch im Wohnzimmer aus und beugte sich darüber. Vollkommen vertieft bemerkte er gar nicht, dass Sirena ihm einen heimlichen Blick zuwarf und dann kaum hörbar seufzte und die Schultern hängen ließ.

Sirena war komplett aus ihrem Gleichgewicht geraten und je mehr sie versuchte, alle Gefühle zu verdrängen, umso stärker versuchten diese, an die Oberfläche zu kommen. Da waren zum Beispiel immer wieder die Gewissensbisse, weil sie sich schuldig am Verkehrsunfall von Yannis' und Kassandras Eltern fühlte. Sie hatte sich damals vollkommen ihren Rachegefühlen hingegeben und sich auf die Straße gestellt, als Vassilis und Anastasia auf der Freilandstraße zwischen Antiparos und Naoussa unterwegs waren. Eigentlich hatte sie den beiden nur eine Warnung geben wollen, aber aus irgendeinem Grund, den Sirena noch immer nicht verstand, hatte Vassilis das Steuer so stark herumgerissen, dass das Auto ungebremst an den Baum gekracht war. Damals hatte sie höhnisch reagiert und gedacht, so sei es ja auch gut. Nun aber hatte sie Yannis kennengelernt. Gezwungenermaßen hatten sie sehr viel Zeit miteinander verbracht und Sirena hätte nie damit gerechnet, dass sich dabei so etwas wie Mitgefühl für ihn und seine Trauer um die Eltern entwickeln würde. Sie hatte sonst nie für irgendeine Menschenseele Mitgefühl, dieses Empfinden hatte sie sich schon vor Jahren abgewöhnt. Überhaupt hatte sie sich abgewöhnt, irgendetwas zu fühlen außer Rache. Auf diese Weise fühlte sie sich geschützt und es war ihr sehr gut dabei gegangen. Aber nun hatte diese Fassade einen großen Riss bekommen. Sie wurde regelrecht umgestürzt von einem Wirbelwind der Gefühle und Sirena konnte schwer damit umgehen. Besonders irritiert hatte sie die Tatsache, dass Yannis an der Erzählung von ihrer eigenen Kindheit so stark Anteil genommen hatte. Wie konnte er hier Einfühlung zeigen, wo sie ihn doch entführt und ihn angefaucht, ja sogar angeschrien hatte? Sie wusste inzwischen sogar, was sie ihm angetan hatte, als sie in zwang, in ein Auto zu steigen, obwohl er sich geschworen hatte, dies nie wieder zu tun. Trotzdem schien er sie nicht zu hassen, er schien ihr nicht einmal böse zu sein.

Jetzt saß Yannis da, über den Stadtplan gebeugt, und studierte wie ein aufgeregter Schuljunge, wo sich die Sehenswürdigkeiten von Barcelona befanden und er schien sehr viel Spaß dabei zu haben. Er war ein sehr guter Mensch. Und sie? Sirena wusste eigentlich nicht, wie sie war. Seit sie zurückdenken konnte, hatte sie immer nur für ihre Rache gelebt. Sie fühlte, wie eine Welle von Einsamkeit und Leere sie zu überschwemmen drohte.

„Magst du zu Las Ramblas mit mir gehen? Wir brauchen noch einiges zu essen", fragte sie Yannis und wusste selber nicht warum.

Yannis, ganz in seinen Stadtplan vertieft, blickte erstaunt auf und schien das Gehörte erst verarbeiten zu müssen. Dann machte sich ein Grinsen auf seinem Gesicht breit und er strahlte von einem Ohr zum anderen.

„Nichts würde ich lieber tun", meinte er.

Sirena lächelte.

Yannis strahlte nicht nur äußerlich. Es hatte einen Sinn, warum sie beide hier waren, das wusste er. Es ging gar nicht allein um den Wunsch, den er immer gehegt hatte, einmal nach Spanien zu reisen. Auch für Sirena war es wichtig. Vielleicht würde er jetzt endlich dem Rätsel auf die Spur kommen. In Windeseile packte er die Prospekte weg, nahm den Stadtplan und war im Nu startbereit.

Als sie wenige Minuten später beim Markt angekommen waren, waren die Straßen erfüllt von einem regen Treiben. Auf einem kleinen Platz hatte sich eine Gruppe um tanzende Menschen versammelt. Es waren Zigeuner, die Flamenco tanzten. Die Leute klatschten begeistert im Takt mit. Da waren Touristen, die von einem Stand zum anderen wanderten, und viele Einheimische, die fleißig handelten. Manche Händler boten Vögel in Käfigen zum Verkauf an. Es war eine bunte Vielfalt an Ständen, hier gab es die allerbesten frischen Fische, Garnelen, Hummer, alles, was das Herz begehrte. Dann sah man wiederum Händler, die ihr Obst wunderbar nach den Farben sortiert hatten und allein der Anblick konnte jede Künstlerseele erfreuen. Dann waren da noch die Stände mit exotischen Gewürzen. Yannis nahm Gerüche wahr, die er nicht zuordnen konnte. Exotisch, fremd kam es ihm vor. Als sie bei einem Stand mit bunten, duftenden Blumen vorbeikamen, konnte Yannis der Versuchung nicht widerstehen und griff nach einem Bund bunter Blumen, die alle jeweils wiederum in kunterbuntem Krepppapier eingewickelt waren. Kitschig, aber er mochte es. Sirena war ein paar Schritte vorausgeeilt. Yannis hatte kein Geld, also stellte er die Blumen wieder zurück und wollte schon weitergehen, als die

Händlerin, eine alte Frau mit Zahnlücke, ihm die Blumen hinstreckte und lächelnd meinte: „Por tu amor, fur deine Liebste." Sie war eine Wahrsagerin und nahm seine Hand, um dann im ersten Moment erschrocken zurückzuweichen. Dann hellte sich ihr Gesicht wieder auf und sie meinte: „Tu hermana es muy importante por tu vida. Es un sacrificio para ella. Deine Schwester ist wichtig in deine Leben. Mussen Opfer bringen." Dann blickte sie zu Sirena, die von all dem nichts mitbekam und sagte: „Tu amor, es tu destino. Bruja pero el amor puede cambiar todo. Deine Liebe, deine Weg. Hexe, aber Liebe machen alles möglich", sprach sie in holprigem Englisch. Yannis bedankte sich verstört und verbarg die Blumen in seiner Jackentasche.

Als er an ein paar weiteren Ständen vorbeigekommen war, hatte er die Wahrsagerin schon fast wieder vergessen. Dennoch ein wenig rumorte es noch in ihm. Was meinte die Wahrsagerin mit „Hexe". Auch, dass seine Schwester Opfer bringen musste. Hatte sie nicht schon genug Sorgen damit, dass er verschwunden war? Ein wenig hing er noch seinen Gedanken nach, wurde aber bald von den vielen Eindrücken um ihn herum abgelenkt. Es gab Delikatessenhändler, die Waren anboten, davon hatte Yannis bis jetzt nur träumen können. Er fühlte sich wie im Schlaraffenland. Als er zu Sirena aufgeschlossen hatte, meinte er: „Hast du etwas dagegen, wenn ich Fisch koche, dazu frischen Salat und Safranreis? In einem Laden weiter vorne habe ich herrliche Soßen gesehen. Was meinst du?"

Sirena ließ sich von seiner Begeisterung anstecken, was Yannis veranlasste, nachzuschieben: „Ein Gläschen guten Wein dazu vielleicht?"

Sirena schmunzelte und konnte Yannis nicht widersprechen. Sie hatten schwere Tüten an beiden Händen, als sie den Rückweg antraten und Yannis' Wangen waren rot vor Aufregung. Als sie aus der Markthalle hinausgingen, wurden sie von dem starken Sonnenlicht geblendet und Yannis musste die Taschen auf den Boden stellen, um sich die Hand schützend vors Gesicht zu halten. Zur gleichen Zeit kam eine große Touristengruppe, die zwei Busse füllen würde, aus der Markthalle geströmt. Yannis wurde von der Gruppe regelrecht mitgerissen und konnte sich nicht dagegen wehren. Er wollte sich noch zu Sirena umdrehen, war aber schon in der Gruppe der Touristen untergetaucht. Sirena war nichts ahnend weitergegangen und hatte erst nach einer Weile gemerkt, dass Yannis nicht mehr hinter ihr ging. Sie suchte ihn verzweifelt mit den Augen aber außer dieser Gruppe von Japanern, die scheinbar endlos an ihr vorbeizog, konnte sie nichts entdecken. Sie fühlte sich wie vor den Kopf gestoßen und wusste nicht, ob sie lachen oder weinen sollte. All der Stress der letzten Tage, das ganze Hin und Her der Gefühle kamen nun in einem Durcheinander ans Tageslicht. Sie hatte keine Kraft mehr. Sie konnte einfach nicht mehr. Langsam ging sie zur Pension zurück und auf ihr Zimmer. Nahm nicht wahr, dass der Mann an der Rezeption sie mit gerunzelter Stirn musterte. Im Zimmer angekommen, ließ sie die Einkaufstaschen auf den Tisch fallen und sank in den Sessel.

All die Jahre des Zorns mit dem Wunsch nach Vergeltung hatten sie über Wasser gehalten, aber jetzt galt das nicht mehr. Durch Yannis war alles aus dem Gleichgewicht geraten. Zusammengekauert und zutiefst verunsichert ließ sie sich gehen und begann bitterlich zu weinen. Die Tränen strömten nur so aus Sirena heraus, ja sie raubten ihr sogar die Kontrolle über ihre Macht: Überall, wo Wasserhähne waren, begann das Wasser in Strömen zu fließen.

Mit einem Mal fühlte sich Sirena unendlich allein. Die ganze Einsamkeit ihrer Kindheit kam ihr wieder vor Augen. Ihre Großmutter hatte sich stets bemüht, Sirenas Mutter so gut wie möglich zu ersetzen, aber sie war schon sehr alt gewesen und hatte Mühe gehabt, mit Sirenas Leben Schritt zu halten. Sirena konnte sich kaum an ihre Mutter erinnern. Sie hatte nur dieses Gefühl der Rache von ihr geerbt. Am Sterbebett hatte ihr die Mutter aufgetragen, die Familie zu rächen. Sie hatte gesagt, wenn Sirena alt genug sei, solle sie nach Naoussa reisen und für Vergeltung zu sorgen. Sirena hatte diesen Auftrag nie Frage gestellt und das Ergebnis war, dass sie ihr ganzes Leben damit verbracht hatte, die ihr verpflanzte Rache zu nähren. Dabei hatte sie sich selbst verloren.

Sirena wurde in den Sog ihrer Erinnerungen gezogen und hatte auf einmal das Gefühl, im Körper ihrer Mutter zu stecken. Sie hörte die Stimme ihrer Mutter, die zu ihr sprach. Sie sprach von der Bürde, die auf den Frauen ihrer Familie lastete, von der Rache, die sich über Generationen fortgepflanzt hatte. Sie hörte ihre Mutter über Sirenas Aufgabe sprechen, die Rache weiter zu schüren. Was sie als Kind noch nicht hatte heraushören können, das konnte sie jetzt auf einmal spüren: die tiefe Liebe, die ihre Mutter für sie hegte. Ihre Mutter hatte immer wieder über die Rache gesprochen und dabei kein einziges Mal ihre wahren Gefühle Sirena gegenüber zum Ausdruck gebracht. Sirena hatte nicht gewusst, nie zuvor gespürt, wie sehr ihre Mutter sie in Wahrheit geliebt hatte. Das aber brachte ihr ganzes Weltbild ins Wanken. Einerseits fühlte sie sich umhüllt von der Liebe ihrer Mutter, auf der anderen Seite so leer und leblos. Wieder begann sie bitterlich zu weinen.

Nach einer Weile hatte sie sich so weit gefasst, dass sie sich im Zimmer umblicken und den Schaden durch das übergelaufene Wasser wahrnehmen konnte. Sie sammelte ihre Macht, um den Schaden zu beheben und beschloss aus tiefstem Herzen, ihre Macht nicht wieder zu verwenden und voll ins Menschsein einzutauchen. Sie wollte all die Vielfalt des Lebens fühlen, spüren. Sie wollte endlich leben.

Opfer & Sühne

Kassandra erschien kreidebleich zur vereinbarten Zeit in der Hotellobby. Sowohl Dimitrios als auch Aidan eilten sofort auf sie zu und wollten wissen, was geschehen war. Sie nahmen Kassandra in ihre Mitte und führten sie zur naheliegenden Couch. Die Dame von der Rezeption brachte Kassandra eiskaltes Wasser. Kassandra nahm einen Schluck und atmete tief durch. Ihr Brustkorb schien sich kaum zu heben. Sie war immer noch ohne Farbe im Gesicht und ihre Hände zitterten ein wenig. Besorgt betrachteten sie die beiden Männer.

Nach ein paar Minuten gelang es Kassandra, sich ein wenig zu fangen und sie erzählte mit brüchiger Stimme, was Demeter ihr vor Kurzem am Telefon mitgeteilt hatte. Dass sie die große Aufgabe hatte, die Menschheit zu retten. Da musste wohl ein Fehler vorliegen, fügte sie hinzu, denn woher sollte gerade sie die Kraft und Stärke hernehmen, die Welt zu retten? Sie wiederholte ein um das andere Mal, was Demeter ihr vorher eingebläut hatte, aber es war noch immer nicht in ihrem Geist angekommen.

Demeter hatte ihrerseits schon wiederholt versucht, Kassandra zu erreichen, aber die Telefonleitung war immer wieder zusammengebrochen. Deshalb hatte die Botschaft Kassandra etwas später erreicht, als Demeter geplant hatte.

Dimitrios schüttelte ungläubig den Kopf, auch er konnte mit der Aussage nicht viel anfangen. „Wie meint Demeter das, dass du die Welt retten sollst? Was bedeutet das und wie wirst du diesen Auftrag erfüllen?" Wieder schüttelte er ungläubig den Kopf.

„Ich weiß es noch nicht. Ich weiß nur, dass ich nach Australien gehen soll, aber mehr weiß ich nicht. Alles ist so verwirrend und Yannis ist auch noch immer nicht aufgetaucht. Das ist alles ein bisschen viel", seufzte sie und fuhr sich erschöpft mit der Hand über die Stirn. Sie hatte auf einmal wieder starke Kopfschmerzen bekommen. In ihrem Kopf tauchte für einen kurzen Moment ein Bild von ihr in Australien auf. Sie sah sich umringt von Frauen mit dunkler Hautfarbe und dunklen, schwarzen Augen. Kassandra hatte die Augen geschlossen. Sie hatte noch nie in ihrem Leben Aborigines gesehen, aber es bestand kein Zweifel, dass die Frauen in ihrer Vision Nachkommen von den Ureinwohnern von Australien waren.

Aidan hatte die ganze Zeit interessiert zugehört, im Gegensatz zu Dimitrios konnte er mit der Idee, nach Australien zu gehen, sehr viel anfangen. Nicht nur, weil er selber in Australien geboren und aufgewachsen war, auch, weil er an die tief verwurzelte Geschichte der Aborigines in seinem Land dachte. Für ihn machte das irgendwie Sinn. Vielleicht war die Lösung dort zu finden. Aber er wollte Kassandra nicht vorgreifen und behielt das lieber noch für sich. Er meinte deshalb nur: „Das klingt nach einem sehr großen Auftrag mit einer ganz tiefen Bedeutung."

Dimitrios sah ihn erstaunt und auch ein wenig verärgert an. Schon wieder diese Quacksalberei, er konnte das nicht mehr hören. Aidan wollte sich doch nur einschmeicheln, dachte er. Dennoch ließ er sich nicht von seinem eigentlichen Ziel abbringen: Er hatte gute Neuigkeiten und die wollte er Kassandra auf keinen Fall vorenthalten.

Dimitrios war des Reisens langsam müde geworden, außerdem konnte er seine Abneigung Aidan gegenüber kaum mehr verbergen. Sie hatten die letzten zwei Wochen miteinander bei der ständigen Suche nach Yannis und Sirena verbracht und Dimitrios hatte gehofft, dass er diese Zeit nützen könnte, um Kassandra etwas näher zu kommen. Aber genau das Gegenteil war passiert. Kassandra hatte nur mehr Augen und Ohren für Aidan und dabei schien ihr das nicht einmal richtig bewusst zu sein. Ihr gegenüber war Dimitrios immer freundlich, ja sogar liebenswert. Ganz tief drinnen hatte er die Hoffnung noch nicht aufgegeben, sie für sich zu gewinnen. Mit Aidan hingegen war er schon ein paar Mal zusammengekracht. Wenn es darum ging, Entscheidungen zu treffen, oder wenn er das Gefühl hatte, dass Aidan sich wieder einmal in seinen wissenschaftlichen Erklärungen verloren hatte, war Dimitrios schon häufig auf hundertachtzig gewesen. Aidan war jedes Mal ganz ruhig geblieben, was Dimitrios nur noch mehr in Rage gebracht hatte. Aber das hatte er sich nicht anmerken lassen, denn diese Blöße wollte er sich vor Kassandra nicht geben.

Was hatte dieser Aidan, was er nicht hatte? Er war zerstreut, chaotisch, pingelig und sprach nicht einmal richtig Griechisch. Was fand Kassandra nur an ihm?

„Ich habe einen Tipp bekommen, dass Yannis und Sirena in einer Pension in Barcelona gesehen wurden. Ich würde vorschlagen, dass wir uns so schnell wie möglich auf den Weg machen", meinte er nicht ohne Stolz zu Kassandra. Das brachte Kassandras müden Geist sofort wieder zum Erwachen.

Sie bestiegen die nächste Maschine von Madrid nach Barcelona und kamen noch am selben Nachmittag in Barcelona an.

Auf der Straße winkte Dimitrios nach einem Taxi, was nicht so einfach war. Es dauerte eine Weile, bis sie ein freies Taxi finden konnten. Es war sehr viel los am Flughafen. Dimitrios war die ganze Zeit über still und in sich gekehrt, während Kassandra in einem fort plauderte – ganz gegen ihre sonstige Art. Kassandra war voller Aufregung, so nahe am Ziel zu sein. Diesmal hatte sie das gute Gefühl, dass sie Yannis nicht noch einmal verpassen würden. Sie plauderte munter drauflos und als sie nach einer Weile merkte, dass Dimitrios stumm war, fragte sie: „Was ist los, Dimitrios? Meinst du nicht auch, dass es diesmal klappen wird?"

Dimitrios schreckte aus seinen Gedanken hoch und blickte Kassandra ein wenig verwirrt an, lächelte ihr dann aber in gewohnter Art zu und meinte: „Nein, ich bin mir auch sicher. Der Tipp von Franz ist ganz bestimmt ein Treffer."

Dann wandte er den Blick jedoch wieder zum Fenster, um weiter vor sich hin zu brüten.

Kassandra schüttelte den Kopf, ließ sich aber nicht weiter irritieren und plauderte mit Aidan weiter. Dieser war mehr als erfreut und erwiderte ihre heitere Art mit einem herzhaften Lachen.

Wachsen & Gedeihen

Ein paar Stunden nachdem Yannis mit der Touristengruppe von dem Markt abgetrieben worden war, öffnete er die Tür zum Zimmer in der Pension und trat ein. Er konnte Sirena sofort sehen. Sie saß im Wohnzimmer, den Blick zum Balkon gerichtet, vollkommen in sich zusammengesunken. Sie merkte nicht einmal, dass er zurückgekommen war. Yannis wusste nicht, was er sagen sollte und räusperte sich verlegen. Daraufhin wandte Sirena ihr Gesicht. Sie blickte ihn erstaunt an: „Du bist zurückgekommen?"

Yannis meinte: „Darf ich mich setzen?"

Sirena zuckte mit den Achseln und nickte stumm, ihr Blick war nach wie vor fragend.

„Ich wollte nicht weglaufen. Die Gruppe von Touristen hatte sich zwischen uns gedrängt und dann wurde ich mitgeschoben. Ich bin ziemlich weit abgetrieben worden. Um genauer zu sein: Ich bin vor der Sagrada Familia gelandet."

„Ah", meinte Sirena kaum hörbar.

Daraufhin fuhr Yannis mit beiden Händen gestikulierend fort: „Der Drang hineinzugehen war übermächtig. Ich bin also hineingegangen und war zuerst einmal überwältigt: all die Eindrücke, die auf mich einprasselten! Ich musste mich hinsetzen, so beeindruckt war ich. Das war es, was ich immer schon sehen wollte. Ich kann dir gar nicht sagen, wie viel Ehrfurcht ich in diesem Moment empfunden habe."

Sirena war dabei, Yannis zu unterbrechen, überlegte es sich dann und blickte ihn mit einer Mischung aus Interesse und Resignation an.

„Ich brauchte eine Weile, um alles zu verdauen und beschloss dann, auch noch auf den Turm zu steigen und je höher mich die enge Wendeltreppe führte, desto freier fühlte ich mich. Ich kann es nur so beschreiben."

Sirena konnte Yannis' Begeisterung für dieses Bauwerk nachvollziehen, konnte aber ihre Neugierde nicht länger beherrschen und unterbrach ihn deshalb: „Ich weiß, mir ist es ähnlich gegangen, als ich zum ersten Mal dort war. Nur hatte ich zu Beginn, beim Raufsteigen der Wendeltreppe, das Gefühl, dass alles um mich immer enger wird. Gegen Ende ist es mir wieder besser gegangen. Was ich aber nicht verstehe: Warum bist du hier, wenn du dich so frei dort oben gefühlt hast? Warum bist du zurückgekommen?"

Yannis wiegte seinen Kopf verlegen hin und her und schien nach den richtigen Worten zu suchen. „Als ich wieder unten angelangt war, habe ich mich auf eine Parkbank in der Nähe gesetzt, um nachzudenken. Ich fühlte mich noch immer sehr frei. Ich hatte das erreicht, was ich mir immer gewünscht habe. Dann dachte ich darüber nach, wie ich nach Barcelona gekommen bin und so komisch und eigenartig das klingen mag", Yannis fuhr sich verlegen durch seine leicht gewellten Haare, „ich bin dir dankbar dafür. Das ist aber noch nicht alles. Ich bin zurückgekommen, weil …"

Yannis brauchte eine Pause, um den Mut zu den folgenden Worten zu fassen: „Ich bin zurückgekommen, weil ich zu dir zurückkommen wollte." Im selben Moment griff er in die Innentasche seiner Jacke, holte die schon ein wenig verdrückten Blumen heraus und hielt sie Sirena hin.

Sirena hatte mit dieser Wendung überhaupt nicht gerechnet und sprang entsetzt und überrascht auf.

„Wirklich? Nach all dem, was ich dir angetan habe? Du weißt doch überhaupt nichts über mich und du weißt auch nicht, was ich getan habe, bevor wir uns kennengelernt haben. Du …", langsam begannen einzelne Tränen, ihre Wangen hinunterzukullern, bis aus den einzelnen Tropfen ein Strom wurde und Sirenas Körper kräftig geschüttelt wurde.

Yannis trat auf Sirena zu und begann, ihr sanft die Tränen wegzuwischen, was Sirenas Widerstand komplett brach und sie laut zum Schluchzen brachte.

„Ich weiß. Aber mein Gefühl sagt mir, dass ich bei dir sein möchte und dass wir uns die Zeit nehmen können, um uns besser kennenzulernen", sagte Yannis, um Sirenas Zweifel zu besänftigen.

„Bist du dir sicher, dass du das willst?", fragte Sirena noch immer zweifelnd.

„So sicher war ich mir noch nie im Leben", flüsterte Yannis.

„Ich weiß jetzt nicht, was ich sagen soll", meinte Sirena nach Fassung ringend.

Nach einer kurzen Weile fügte sie hinzu: „Ich würde dir gerne mehr über mich erzählen, damit du weißt, wer ich bin."

„Was hältst du davon, in einem feinen Lokal essen zu gehen?", schlug Yannis vor.

Sirenas Gesichtsausdruck wandelte sich von Erstaunen über Schrecken hin zu Freude. Ihre Schultern entspannten sich mehr und mehr und ein Strahlen huschte über ihr Gesicht. „Das wäre sehr schön. Danke, Yannis."

Genau in diesem Moment begann die Sonne, unterzugehen und strahlte mit einem tiefen Orangerot über den Balkon ins Zimmer. Sie erleuchtete Sirenas rotblonde Haare und alles rund um sie herum funkelte.

Beichten & Vergebung

Sirena hatte sich besonders schön zurechtgemacht für den gemeinsamen Ausflug. Die liebevoll gestaltete Speisekarte am Eingang eines kleinen Lokals unweit ihrer Pension bewog die beiden, nicht weiterzusuchen, sondern gleich hier einzutreten. An einem kleinen Tisch neben dem Fenster nahmen sie Platz. Als der Kellner kam, eine Kerze anzündete und die Bestellung entgegennahm, war Sirena ein wenig nervös. Yannis hingegen strahlte eine tiefe Ruhe aus. Er nahm ihre Hände in seine und sah sie aufmunternd an. Ermutigt von seiner Gelassenheit begann Sirena zügig, zu erzählen. Sie sprach von ihrer Mutter und von dem „Fluch", der seit dem Mittelalter auf der Familie lastete und jeweils von der Mutter zur Tochter übertragen wurde. Sirena erzählte, dass ihre Urahnin Catalina im Mittelalter eine Heilerin und Geburtshelferin gewesen war und in Barcelona gelebt hatte. Eines Tages wurde sie zur Geburt eines Kindes aus der Familie von Yannis und Kassandra gerufen, doch es war schon zu spät, sie konnte die Mutter nicht mehr retten. Die Frau starb kurz nach der Geburt. Der Vater des neugeborenen Kindes beschuldigte in seinem Schmerz Catalina, eine Hexe zu sein. Sie wurde zum Tod auf dem Scheiterhaufen verurteilt. Bevor sie an den Hexenpfahl geführt wurde, durfte sie noch kurz mit ihrer eigenen Tochter sprechen, die war damals kaum fünf Jahre alt gewesen. Sie schärfte ihr ein, dass sie sich rächen müsse und diese Rache eines Tages an ihre eigene Tochter weitergeben solle. Verzweifelt hatte sich die Tochter an ihre Mutter geklammert, wurde aber gewaltsam von ihr getrennt und musste erleben, wie sie vor ihren Augen verbrannte. Sie war erst fünf Jahre alt gewesen, doch den Auftrag der Mutter sollte sie nie wieder vergessen. Fortan wurde der Wunsch nach Rache von Generation zu Generation weitergegeben. Doch niemand hatte bisher tatsächlich Rache geübt. Über Jahrhunderte hinweg war sie geschürt worden, doch erst mit Sirena hatte eine Frau den Auftrag übernommen, die stark genug war, um nach Naoussa zu fahren und endlich zu handeln.

Bis zu diesem Moment hatte Yannis ihr ruhig zugehört, als jedoch der Name seiner Heimatstadt fiel, zuckte er zusammen und ließ Sirenas Hände los.

Sirena hatte keine Wahl, sie musste jetzt alles erzählen, andernfalls würde sie es ewig bereuen. Sie versuchte, Blickkontakt zu Yannis herzustellen und stellte sich vor, in Gedanken Wurzeln in den Boden zu schlagen. Dies war die schwierigste Situation, die sie je erlebt hatte und sie wollte sich endlich von der Last befreien. Dazu musste sie aber fest am Boden stehen, sicheren Halt haben. Als sie das Gefühl hatte, verwurzelt zu sein, sprach sie weiter.

Sie erzählte Yannis, dass sie es gewesen sei, die an dem Tag des schrecklichen Verkehrsunfalls seiner Eltern mitten auf der Straße gestanden hatte. Sie hatte keinen tödlichen Unfall provozieren, sondern einfach nur eine Warnung schicken wollen. Warum der Vater das Steuer verrissen hatte und das Auto gegen einen Baum geprallt war, dafür habe sie keine Erklärung.

Yannis begann zu schwitzen, weil die Schmerzen seiner Vergangenheit wieder an die Oberfläche kamen. All das Leid, der Kummer und die so häufig gestellte quälende Frage nach dem Warum, alles war mit einem Schlag wieder da. Yannis wusste nicht, was er sagen sollte. Er hatte das Gefühl, dass ihm soeben der Boden unter den Füßen weggezogen worden war.

Sirena fühlte sich erleichtert, nachdem sie Yannis endlich alles erzählt hatte, aber gleichzeitig spürte sie nackte Angst. Würde er ihr verzeihen können? Würde sie sich selber jemals verzeihen können?

„Das ergibt doch keinen Sinn", hob Yannis nach einer langen Pause an. „Ich versuche mir vorzustellen, wie sich das fünfjährige Mädchen gefühlt hat, als es zusehen musste, wie seine Mutter verbrannte. Gleichzeitig aber sehe ich Kassandra vor mir, die gerade einmal neun Jahre alt war, als unsere Mutter gestorben ist. Warum? Warum hast du genau an dieser Straße gestanden? Was haben meine Eltern denn nur getan?" Yannis Blick war voller Schmerz.

Sirena hatte das Gefühl, als durchbohre ein Speer ihr Herz. Wie sollte sie Yannis nur erklären, dass dieser Hass über viele Jahre hin ihr Lebensinhalt gewesen war? Erst seit sie Yannis kennengelernt hatte, war das ganze Gebäude ins Wanken gekommen. Erst durch ihn hatte sie erfahren, was es heißt, zu leben und zu genießen. Wie konnte sie ihm nur zeigen, dass sie seither schmerzlich bereute, damals an der Straße gestanden zu haben. Wie konnte sie überhaupt noch etwas sagen, wo er ihr doch nie würde verzeihen können, wenn er die Wahrheit erfuhr?

Ihr traten Tränen in die Augen. Auch wenn es ausweglos war, sie durfte nicht länger schweigen: „Yannis ich weiß nicht, ob ich mir das jemals verzeihen kann. Seit ich dich kennengelernt habe, ist keine einzige Minute vergangen, in der ich nicht bereut habe, was ich tat. Wenn ich könnte, ich würde die Zeit zurückdrehen und alles wieder gutmachen. Ich würde alles dafür geben, dir und Kassandra die Eltern wiederzubringen. Ich hasse mich selber dafür, dass ich meinem Hass so verfallen war und dass ich nur dafür gelebt habe. Ich werde mich ewig geißeln dafür."

Yannis hatte ebenso wie Sirena Tränen in den Augen. Verlegen wischte er sie weg. Für eine Weile schwiegen beide. Die Kerze flackerte wild. Sie schien im Wirbel des Gesagten hin- und hergepeitscht zu werden. Yannis seufzte.

Nach einer unendlich langen Stille flüsterte er: „Ich glaube nicht, dass du dich dafür hassen musst. Du hattest deine Gründe für dein Tun. Wie du es gesagt hast, du hast nur für diese Rache gelebt. Ich bin froh und dankbar, dass ich meine Eltern in guter Erinnerung habe, auch wenn sie mir von Zeit zu Zeit noch fehlen. Ich bin dankbar, dass ich dieses Gefühl der bedingungslosen Liebe in mir gespeichert habe. Ich bin dankbar, dass ich Liebe für mein Leben entwickeln konnte und nicht im Schmerz untergegangen bin. Ich fühle keinen Hass gegen dich, Sirena. Es hilft auch niemandem, wenn du dich selbst verurteilst. Ich habe das Gefühl, dass unsere gemeinsame ‚Reise' dazu beigetragen hat, dass du dir selber näher gekommen bist. Ich denke, es ist an der Zeit, die Vergangenheit ruhen zu lassen und in die Zukunft zu blicken. Ich habe viele gute Seiten an dir entdeckt, Sirena, und du bist für mich sehr wichtig geworden. Jetzt ist es dran, dass dass du dir selber vergibst. Das hat nichts mit mir zu tun! Ich sehe dich nach wie vor so, wie ich dich in den vergangenen Tagen erlebt habe und ich möchte gerne mit dir zusammenbleiben."

Yannis holte tief Luft. So viel in einem fort hatte er noch nie gesprochen.

Sirena richtete ihren Oberkörper auf und sah Yannis ungläubig an. Sie schloss ihre Augen für einen kurzen Moment und atmete tief aus. Ihre Schultern entspannten sich und mit einem Seufzer atmete sie erleichtert aus. Es war, als habe jemand die dicke Mauer um ihr Herz zum Einsturz gebracht, als sei ein Damm gebrochen. Tränen strömten über Sirenas Gesicht, sie wurde regelrecht geschüttelt von Schluchzen. Wieder flackerte die Kerze aufgeregt. Yannis nahm Sirenas Hand und hielt sie so lange fest, bis Sirena sich langsam wieder beruhigte. Dann blickte sie ihm tief in die Augen. Yannis erwiderte ihren Blick voller Wärme und Zuneigung.

Etwa ein halbe Stunde später, nachdem Kassandra, Aidan und Dimitrios eine hektische Fahrt im Taxi durch Barcelonas überfüllte Straßen verbracht hatten, stürmte der Ermittler in die Pension, in der Hand eine geladene Pistole, dicht gefolgt von Aidan und Kassandra.

Ein Hausbesorger blickte sie verstört an und suchte Deckung hinter der Rezeption. Dimitrios senkte die Waffe und hielt dem Mann seinen Dienstausweis hin. In gebrochenem Spanisch sagte er: „Señora Velasquez, donde?" Verschreckt murmelte der Hausbesorger in wiederum gebrochenem Englisch: „Twenty-two", und zeigte nach oben.

Dimitrios wartete nicht auf Kassandra und Aidan, sondern hastete eilig die Stiegen hinauf in den zweiten Stock. Er fand die Zimmertür am Ende des langen, engen und dunklen Traktes. Das Ganglicht war erloschen, so tappte er im Dunklen, bis er den roten Knopf für das Licht gefunden hatte. Er drehte an der Türschnalle. Die Zimmertür ließ sich mühelos öffnen, es war also keine neumodische Tür mit Codekarte. Glück gehabt! Er richtete seine geladene Pistole ins Zimmer und durchmaß den Raum dann in schnellen Schritten. Yannis und Sirena waren weg. Sie mussten jedoch vor Kurzem hier gewesen sein, ihre Sachen lagen über das Zimmer verteilt. Dimitrios wunderte sich über den feuchten Geruch im Zimmer, er konnte nirgends Wasser entdecken.

Mittlerweile waren auch seine beiden Begleiter nach oben gekommen. Er bedeutete ihnen, hereinzukommen: „Sie sind nicht hier, aber weit können sie nicht sein. Wir werden warten, bis sie zurückkommen."

Kassandra sog die Luft ein und fasste Aidans Hand. Dimitrios' Gesicht versteinerte sich augenblicklich. Den Blick gesenkt, ließ Kassandra Aidans Hand wieder los.

„Es ist besser, wenn wir uns nicht alle hier aufhalten", fuhr Dimitrios sachlich fort. „Das ist zu offensichtlich. Ich stelle mich zur Tür und ihr beide seid so weit wie möglich von der Tür entfernt.

Kassandra schlich seufzend zur Küchenecke und Aidan folgte ihr. Als er an dem Ermittler vorbeilief, sagte er unbehaglich: „Kann ich dir irgendwie helfen, Dimitrios?"

Dimitrios schüttelte den Kopf und bedeutete ihm mit den Händen, sich schnell zu verkriechen. Er hatte vom Gang her Schritte gehört.

Im Nu war Dimitrios neben der Tür, die sich im selben Moment öffnete. Dimitrios nützte den Überraschungseffekt und befahl Sirena, die Hände zu heben. Yannis wies er an, zu den anderen beiden in die Kochnische zu gehen.

Dimitrios holte seine Handschellen hervor und schloss sie in Sekundenschnelle um Sirenas Hände. Das hätten wir, nun ist nichts mehr zu befürchten, dachte er. Gleichzeitig aber beschlich ihn ein mulmiges Gefühl. Warum wehrt Sirena sich nicht? Sie wirkt nicht einmal sonderlich überrascht. Dimitrios schaute Sirena direkt ins Gesicht und sah Erleichterung.

Einen Moment lang hatte Sirena überlegt, ob sie die Handschellen einfach zerplatzen lassen sollte, aber sie wollte nicht mehr. Sie war des Davonlaufens müde geworden. Sie hatte sich geschworen, keine Zauberkraft mehr zu verwenden.

Yannis war einem Sturm der Gefühle ausgeliefert: Man tut Sirena Unrecht mit der Verhaftung, schrie es in ihm. Zugleich schloss er voller Freude seine schluchzende Schwester in die Arme, redete beruhigend auf sie ein und küsste sie am Haaransatz.

Dimitrios befahl Sirena, ins Wohnzimmer weiterzugehen. Sirena folgte willenlos.

„Ich werde dich an die örtliche Polizei übergeben. Du wirst dich wegen Entführung verantworten müssen", meinte er und seine Stimme überschlug sich beinahe.

„Halt, Dimitrios", mischte sich nun Yannis ein und ließ seine Schwester los. „Es war ganz anders. Ich bin freiwillig mit Sirena gegangen. Sie hat mich nicht gezwungen. Ich wollte immer schon nach Barcelona. Das hier ist keine richtige Entführung. Ich werde vor Gericht für Sirena aussagen, wenn es sein muss." Er hatte sich zwischen Dimitrios und Sirena gestellt.

Alle Umstehenden, alle drei, sahen ihn an, als hätte er den Verstand verloren. Dimitrios fuhr sich verwirrt durch das ordentlich gekämmte blonde Haar und blies leicht die Luft aus. Er ärgerte sich, dass Yannis alles als harmlos bezeichnete. Hatte er denn keine Ahnung, welche Odyssee er und Kassandra hinter sich hatten, um die beiden zu finden? Die Schwester war ganz rot im Gesicht. Auch sie hatte eine Riesenwut auf Yannis.

Wie viele Sorgen hatte sie sich um ihn gemacht! Sollte das alles nur ein Spiel gewesen sein? Aidan blickte unsicher von einem zum anderen.

Dimitrios war der Erste, der seine Sprache wiederfand: „Wenn das alles stimmt, was du behauptest, wozu dann die gefälschten Reisepässe, die falschen Namen? Kannst du mir das bitte erklären?"

„Zu Beginn ja, das stimmt. Sirena hat mich gegen meinen Willen festgehalten, aber das hat sich geändert. In Barcelona hatte ich die Möglichkeit, zu flüchten. Aber Dimitrios: Ich bin wieder zurückgekommen, weil ich es wollte!" Triumphierend blickte Yannis dem Kommissar in die Augen, der mit eisigem Schweigen antwortete.

Sirena fuhr dazwischen: „Yannis, du brauchst mich nicht zu verteidigen. Dimitrios hat recht, ich habe dich entführt und ich werde mich jetzt stellen. Ich will nicht mehr davonlaufen."

„Nein Sirena, ich sehe das anders", entgegnete Yannis mit Nachdruck.

Dimitrios starrte einmal Yannis, dann Sirena an und schüttelte den Kopf. Yannis war sein Freund, er wollte sich nicht gegen ihn stellen und irgendwie kam ihm das Ganze immer unwirklicher vor. Doch dann spürte er wieder den Kriminalisten in sich, der einen Fall zu lösen hatte und dem die Lorbeeren für die erfolgreich beendete Verfolgungsjagd gebührten. Welchen Weg sollte er wählen?

Zu guter Letzt schaltete sich auch noch Aidan ein: „Wenn es wirklich so ist, wie Yannis behauptet, dann haben wir die lange Verfolgungsjagd umsonst gemacht."

Dimitrios ging unruhig im Zimmer auf und ab, intensiv um eine Entscheidung ringend. Alle anderen waren still geworden.

„Wenn ihr euch alle so sicher seid, dann muss ich das wohl auf meine Kappe nehmen", sagte Dimitrios schließlich leise. „Ich werde meinen Kollegen die Sachlage erklären. Der Fall wird damit geschlossen und ich hoffe, nie wieder etwas in diesem Zusammenhang zu hören." Dabei schloss er seufzend Sirenas Handschellen auf.

Sirena konnte nicht fassen, was sich soeben innerhalb weniger Minuten abgespielt hatte. Yannis hatte sich vollkommen auf ihre Seite gestellt. Sie spürte Kassandras Widerstand und Dimitrios' inneres Ringen. Sollte sie nach all den Jahren der Rache an eben diesen Punkt kommen, um zu erkennen, in welchem Maß der Fluch sie vom Leben abgehalten hatte? Ja, sie wollte nun wirklich leben. Es würde eine Weile brauchen, bis sie sich daran gewöhnen konnte, aber sie wollte wahrhaftig leben.

Dimitrios fühlte sich nunmehr überflüssig und schickte sich an, das Apartment zu verlassen, nicht ohne Kassandra noch einen sehnsuchtsvollen Blick zuzuwerfen.

Kassandra sagte rasch: „Dimitrios, ich begleite dich noch hinunter. Ich würde gerne mit dir reden." Zu Aidan gewandt meinte sie: „Ich bin gleich wieder da."

Dimitrios zuckte wie ein geschlagener Hund zusammen.

Als sie den Eingangsbereich betraten, sah sie der Hausbesorger ängstlich an. Dimitrios nickte ihm aufmunternd zu und da er keine Waffe mehr vor sich hertrug, vertiefte sich der Mann bald wieder in seine Zeitung, runzelte aber dabei die Stirn.

An der frischen Luft angelangt, nahm Kassandra einen neuen Anlauf und sah Dimitrios dabei intensiv in die Augen: „Dimitrios, es tut mir so leid, wenn ich dich so sehe. Ich mag dich. Für mich bist du immer ein Freund von Yannis gewesen. Mir war nie bewusst, was du für mich empfindest. Ehrlich, ich habe nichts wahrgenommen. Ich bin dir so dankbar, dass du mich bei der Suche nach Yannis unterstützt hast. Ich weiß gar nicht, wie ich meine Dankbarkeit ausdrücken soll." Unsicher strich sie sich über ihre linke Wange.

Dimitrios hielt es nicht mehr aus und ohne lange zu überlegen, schoss alles aus ihm heraus, was sich seit Langem in ihm aufgestaut hatte: „Du liebst ihn, nicht wahr, ist es nicht so?" Seufzend blickte er sie an. Kassandra zuckte zusammen. Für einen kurzen Moment wusste sie nicht, was sie sagen sollte. Eine leichte Röte war auf ihre Wangen geglitten und wie auf ein Zeichen hin kam die Sonne hinter den Wolken hervor und strahlte ihre volle Kraft und Wärme aus.

Dimitrios wandte sich ab und wollte weitergehen, doch Kassandra hielt ihn zurück: „Dimitrios, es tut mir leid, wenn ich nicht dieselben Gefühle für dich hege, die du für mich hegst. Die letzten Wochen haben mich sehr verändert und ich weiß jetzt, was ich möchte. Ich werde nach Australien gehen, weil ich dort etwas zu erledigen habe. Es stimmt, ich fühle mich sehr zu Aidan hingezogen. Es tut mir leid, dass ich dir das auf diese Art sagen muss. Ich bin dir unendlich dankbar, was du für mich und Yannis getan hast und das wird immer so bleiben."

Dimitrios fühlte sich hohl und leer. Nun hatte er endlich Klarheit, aber all seine Hoffnungen waren zerstört.

Er blickte Kassandra traurig ins Gesicht und sagte: „Danke für deine Offenheit. Ich wünsche dir alles Gute und dass du dir selber immer treu bleibst. Jásu, Kassandra."

Kassandra schlang ihre Arme um Dimitrios. Schnell löste sich dieser aus der Umarmung und ging eilig davon. Er brauchte dringend Abstand.

Kassandra blickte ihm noch eine Weile nach und ging dann erhobenen Hauptes wieder hinauf in das Apartment im 2. Stock. Sie war nicht wenig überrascht, als sie Yannis, Sirena und Aidan am Tisch sitzend vorfand, alle hatten ein Glas Wein in der Hand.

Yannis winkte ihr zu und meinte: „Kassandra, magst du auch ein Glas, um mit uns anzustoßen?"

Kassandra warf Sirena einen zornigen Blick zu und meinte: „Ich wüsste nicht, warum ich mit Sirena anstoßen sollte."

Sirena blickte getroffen zur Seite. Es würde noch eine Weile dauern, bis Kassandra sich an die geänderten Umstände gewöhnen würde, das war ihr klar.

Yannis blickte seine Schwester liebevoll an und sagte: „Komm schon, Kassandra, setz' dich zu uns und lass' uns einfach miteinander reden. Es ist sehr viel passiert, seit wir uns das letzte Mal gesehen haben. Glaube mir, sehr viel."

Kassandra, durch Yannis' liebevolle Art wieder auf den Boden gebracht, blickte ihren Bruder ebenso warmherzig an: „Also gut, Bruderherz: Ja, ein Gläschen Wein kann ich nach all der Aufregung gut vertragen."

Aidan hatte Kassandra die ganze Zeit über fasziniert betrachtet. Wie recht Yannis hatte: Es hatte sich viel getan, auch Kassandra hatte sich verändert. Sie war von einem unsicheren, scheuen Mädchen zu einer willensstarken Frau gereift und sie war sehr wichtig für ihn geworden.

Zerfall & Neubeginn

Dimitrios flog noch am selben Tag von Barcelona nach Athen und dann gleich weiter nach Paros. Am nächsten Morgen schon erreichte er Naoussa und nahm kurz Kontakt zu Demeter auf, um ihr alles zu berichten. Sie sprach ihn direkt auf Kassandra an und er konnte nicht umhin, seine Enttäuschung zu zeigen. Demeter reagierte verständnisvoll und erklärte, Kassandra müsse jetzt eben ihren eigenen Weg gehen. Die Freundin sei sicher auch sehr traurig, dass sie den Weg nicht mit ihm gemeinsam gehen könne.

Danach kehrte Dimitrios zu seinem Haus zurück und als er seine Mutter wie immer in ihrer Starre sitzen sah, fasste er einen Entschluss. Er würde nach Österreich gehen, seinen Freund Franz besuchen, Abstand gewinnen, seine eigene Familiengeschichte erfahren. Daraufhin ging er zur Polizeistation und ließ sich für einige Wochen beurlauben. Die Sekretärin sah ihn zunächst fragend an. Ob alles in Ordnung sei, wollte sie wissen. Er erklärte knapp, dass er einfach einmal Urlaub im Land seiner Vorfahren machen wolle und verabschiedete sich.

Schnell war ein Flug gebucht und die Tasche gepackt und schon stand er wieder vor seiner Mutter. Zum Abschied drückte er sie fest an sich, worauf diese verwirrt den Kopf hob. Dann verließ er das Haus.

Beschwingt nahm er sich ein Taxi in Richtung Flughafen, wartete eine Stunde und machte sich auf zu neuen Ufern. Er fühlte sich frei. Warum habe ich das nicht schon viel eher getan, dachte er bei sich.

Demeter wiederum hatte nach der Begegnung mit Dimitrios den starken Wunsch und auch die Kraft, ihr Buch zu beginnen. Sie wollte es Kassandra widmen. All das Wissen, das über Jahrhunderte hinweg von ihren weiblichen

Vorfahren nacheinander überliefert worden war, sollte in diesem Buch Platz finden, das der Heilung aller Frauen dienen sollte. Vorallem wollte sie sich mit ihrem Thema, dass sie immer wieder Platzangst hatte, beschäftigen. Schon beim Schreiben der ersten Zeilen spürte sie eine starke Verbindung zu Kassandra und merkte auch, dass sie auf diese Weise etwas zu Kassandras Auftrag beitragen konnte. Es war ein Weg, um sie aus der Ferne zu begleiten. Sie hatte auch Kontakt mit Yannis aufgenommen und über ihr Buch gesprochen. Er vermutete, dass Sirena ihr sicher damit helfen könne. Doch Demeter war noch nicht so weit, um mit Sirena in Kontakt treten zu können. Mit Kassandra war sie jedoch weiterhin eng befreundet. Ihre tiefe Verbindung konnte auch die Entfernung nach Australien nicht schwächen. Im Gegenteil, seit Kassandra sich auf ihre Intuition und ihre tiefen Gefühle eingelassen hatte, hatte sie Kontakt zu ihren Visionen bekommen und manchmal trafen Demeter und sie sich sogar in ihren Gedanken.

Kassandra

Kassandra war von Barcelona direkt nach Sydney geflogen, um dort ihre Mission fortzusetzen. Aidan hatte angeboten, sie zu begleiten und Kassandra hatte dankend eingewilligt. Sie waren von Sydney aus weiter nach Canberra gereist, wo sie seither lebten.

Kassandra hatte sich in dem letzten halben Jahr sehr verändert. Ihr Gesicht hatte eine gesündere Farbe bekommen und in ihren Augen lag ein Strahlen. Es war, als ob sie endlich angekommen sei. Sie beschäftigte sich intensiv mit dem Thema „Aborigines" und Aidan half ihr nach Kräften dabei, verschaffte ihr Zugang zu Fachliteratur und stellte Kontakte für sie her. Das eine ergab das andere und nach einer Weile fand sich Kassandra in einer Gruppe von Aborigines-Frauen wieder, die freudig bereit waren, ihre Lieder und ihre überlieferten Geschichten mit ihr zu teilen. Kassandra war sich sehr wohl bewusst, welch große Ehre das war und sie war sehr stolz darauf. Schon kurze Zeit nach der Einreise hatte sie das Gefühl, als lebe sie immer schon in Australien. Ihre Träume wurden lebhafter und farbenfroher, aber vor allem intensiver. Das Erste, was sie tat, wenn sie in der Früh munter wurde, war, ihre Träume aufzuschreiben. Sehr oft handelten diese von Geschichten über Aborigines, manchmal aber träumte sie Dinge, die dann nach einer Weile wirklich passierten. Anfangs konnte sie all die Botschaften noch nicht deuten, aber mit der Zeit fasste sie Vertrauen in ihre Fähigkeiten und in die Bedeutung ihrer Träume.

Ihr Verhältnis zu Aidan gewann dabei immer mehr an Tiefe. Auch für ihn waren all die Forschungen, die Kassandra betrieb, von großer Bedeutung. Alles, was sie herausfand, fand einen Widerhall in seinen eigenen Forschungen. Aidans Spezialgebiet waren die Landrechte für Aborigines und er begann neben seinen Forschungen, sich auch aktiv dafür diese Menschen einzusetzen. So hatte er zum Beispiel herausgefunden, dass die Sprache der Aborigines sehr vielschichtig ist, dass es beispielsweise kein einzelnes Wort für „Land" gibt, sondern dass in ihrer Sprache viele unterschiedliche Sätze diesen Sachverhalt beschreiben. Deshalb war es so schwierig, dies gegenüber den „white fellaws", den weißen Menschen, auszudrücken. Aidan spürte, wie viel Wiedergutmachung auf diesem Gebiet nottat und er war voller Eifer bei der Sache.

Kassandra und Aidan gingen beide in ihrer Mission auf. Kassandra bekam die Erlaubnis von den Aborigines-Frauen, deren Geschichten an andere weiße Frauen weiterzugeben. Anfangs fühlte sich Kassandra dieser Aufgabe nicht gewachsen, doch mit etwas Vertrauen und Unterstützung hatte sie bald eine Gruppe von Frauen um sich geschart, in der sie die Geschichten teilte und weiterleben ließ. Sie entwickelte immer mehr Zutrauen dahinein, dass sie andere Frauen mit ihrer Begeisterung anstecken konnte.

Kassandra hatte eine selbstbewusste Haltung angenommen und die Zerbrechlichkeit, die sie noch vor wenigen Monaten an den Tag gelegt hatte, war verschwunden. Sie strahlte, sowohl innerlich wie äußerlich.

Sie hatte wieder zu schreiben begonnen. In ihre Geschichten flocht sie ihre Träume ein und fand somit einen Weg, diese kreativ zu verarbeiten.

Auch ihre Romanfigur Kirtan hatte einen Platz in ihrem wirklichen Leben bekommen. Für Kassandra war es, als ob Aidan das Land der Aborigines verteidigte. Somit hatte sich die Rettung des Steines in die Wahrung der Rechte von den Ureinwohnern verwandelt. Als sie sich wieder mehr ihrem Roman widmete, stellte sie fest, wie stark ihre Beziehung zu Aidan in die Geschichte eingeflossen war. Dadurch war Kirtan lebendig geworden und hatte eine neue Rolle bekommen. Ganz anders als zu Beginn, als Rhonda meinte, dass der Stein nicht mehr sicher wäre. Im Gegenteil, Kirtan hatte sich zum Hüter des Steines erklärt und war bereit, diesen gemeinsam mit Rhonda mit allen Mitteln zu verteidigen. Für Kassandra war dies eine Möglichkeit, um die Wirklichkeit mit ihrer Phantasie zu verbinden.

Sie blickte kein einziges Mal zurück und bereute es nicht einen Tag, dass sie alles hinter sich gelassen hatte.

Natürlich hatte sie anfangs Artos vermisst und auch Yannis und Demeter fehlten ihr zuweilen. Doch sie fand einen Weg, um mit ihnen über die Entfernung hinweg verbunden zu sein. Auch Sirena lernte sie mit der Zeit zu vergeben.

An einem wundervollen Morgen fuhr sie zufällig an einer Koppel mit Pferden vorbei und blieb von Gedanken an Artos bewegt stehen. Als sie sich langsam der Koppel näherte, löste sich ein weißes Pferd aus der Gruppe und galoppierte auf sie zu. Ruckartig blieb es vor ihr stehen. Kassandra streichelte sanft über den Kopf des Tieres und lächelte. In jenem Augenblick hielt der Besitzer der Pferde mit dem Auto neben der Koppel, stieg aus und kam ungläubig auf Kassandra zu. Er begrüßte sie freundlich und meinte: „Das ist ja kaum zu glauben! Liberty ist sehr wählerisch bei den Leuten, die sie an sich heranlässt. Ich habe noch nie gesehen, dass sie auf jemanden so freudig zugaloppiert ist. Sie ist ein außergewöhnliches Pferd, mit sehr starkem Charakter!"

Kassandra strahlte den Mann an: „Ich hatte einen schwarzen Hengst, als ich noch in Griechenland gelebt habe. Ich habe dieses Pferd abgöttisch geliebt."

Daraufhin erwiderte der Mann salopp: „Wenn du willst, kannst du ja mal zum Reiten vorbeikommen."

Freudig sagte Kassandra zu. Und sehr zum Erstaunen des Mannes ließ Liberty die Pferdenärrin sofort und ohne Weiteres auf sich sitzen. Bald schon konnte man Kassandra mit Liberty über die Felder Canberras galoppieren sehen.

15. August 2011, ein heißer Sommertag in Barcelona, in der Nähe des Parque Güell.

Ein Antiquitätenladen öffnet seine Türen und an der Scheibe erscheint ein Schild „abierto". Ein Mann mit dunklem, mittellangem Haar tritt hervor. Er trägt Jeans und ein hellblaues Hemd. Mit beiden Händen gestikuliert er und lacht dabei einer Frau zu, die neben ihm steht. Sie erwidert sein Lächeln und drückt ihm einen zärtlichen Kuss auf die Stirn.

„Yannis, ich bin schon spät dran. Ich habe gleich eine Gruppe, die ich in der Sagrada Família herumführen werde. Danach gehen wir noch zur Font Màgica. Ich liebe dich. Bis später."

Der Mann umarmt die Frau und drückt sie fest an sich. Dann hält er sie ein wenig weg von sich und sagt: „Sirena, du bist das Beste, was mir in meinem Leben passieren konnte. Ich liebe dich."

Am selben Tag, mit einer Zeitverschiebung von 8 Stunden. Es ist ein kalter, windiger Wintertag. Eine Frau mit dunkelblondem Haar sitzt in einer Gruppe von Aborigines-Frauen in Tidbinbilla, unweit von Canberra. Ihre Haare sind zu einem Zopf geflochten. Sie trägt ein langes rotes Kleid, das mit einem Band aus Cord zusammengebunden ist. In ihrem Gesicht und auf den Oberarmen hat sie Streifen aus weißer Farbe. Es ist ein Ort, an dem nur Frauen sein dürfen. Männer haben andere Plätze für ihre eigenen Zeremonien.

Der Blick der Frau ist nach innen gerichtet. Sie sitzt auf einem Stein. Die Frauen bilden einen Kreis um sie und singen. Das Lied von der Regenbogenschlange, Wanambi, wurde von jeher von Generation zu Generation weitergegeben.

Die Geschichte handelte von der Entstehung der Erde, den Flüssen und davon, dass die Schlange zu den Tieren und Lebewesen sprach. „Die meine Gesetze befolgen werde ich belohnen." „Ich werde ihnen eine menschliche Gestalt geben. Sie, ihre Kinder und Kindeskinder sollen für immer über diese Erde wandern dürfen. Das soll ihr Land sein!"

Dann sprach sie zu den Streitsüchtigen und Unruhestiftern, denn Wanambi wollte, dass die Gesetze befolgt werden. „Wer mein Gesetz gebrochen hat, wird bestraft. Sie sollen zu Steinen verwandelt werden, müssen am Ort bleiben, dürfen niemals über die Erde wandeln.

Dieses Lied sollte Kassandra auf ihrem Weg zu den Ahnen begleiten und sie mit Wanambi und denen, die das Gesetz befolgten verbinden.

Kassandra hatte viele Monde Zeit, um sich auf diese Zeremonie vorzubereiten. Arora, die Älteste unter den Aborigines-Frauen, weihte sie in alles ein. Einen Moment lang hatte Kassandra befürchtet, dass sie abgewiesen werden könnte, weil sie weiß war und auch über die Dreamtimes und Songlines nur wenig wusste. Aidan hatte ihr zwar viel Literatur gegeben und sie hatte sie eifrig studiert, aber es war doch etwas Anderes, wenn man die Tradition von den alten weisen Frauen überliefert bekam. Doch

Kassandra hatte das Vertrauen der Frauen gewonnen und es lag den Aborigines nun ebenso am Herzen wie ihr, dass sie auch offiziell zu ihnen gehörte.

Seit ihrer Einreise von Naoussa vor einem Jahr hatte sie sich stark verändert. Sie war stark geworden, hatte endlich ihren Platz in der Welt gefunden und den Grund ihres Erdendaseins erkannt.

Nun war der Tag der Initiation gekommen. Kassandra sollte in die Reihen der Aborigines aufgenommen werden.

In der Nacht davor hatte sie sehr intensiv geträumt. Sie war unterwegs auf einem Walkabout im Outback Australiens. Dabei war sie ganz allein gewesen. Im Traum hatte sie instinktiv gewusst, welche Pflanzen sie essen konnte, wo sie einen sicheren Schlafplatz finden konnte und vor allem, wo sie Wasser finden konnte. Sie trug ihre langen Haare offen und war in dem rot geblümten Sommerkleid ihrer Mutter unterwegs. Sie wusste genau, wohin sie gehen sollte. Ihr Weg führte sie zu den Höhlen von Narwala Gabarnmang.

Als sie munter wurde, dachte sie bei sich, dass sie noch nie von den Höhlen von Narwala Gabarnmang gehört hatte. Sie würde Arora nach der Zeremonie fragen.

Donner & Blitz

Kassandra begann ihre Initiation mit einer Reise zu den Ahnen, indem sie
die ihr bekannte magische Türe öffnete, die sie schon von anderen Visionen her gewöhnt war. Die Türe war mit vielen Schutzsymbolen versehen.
Kassandra hatte diese in den letzten Monaten noch etwas verstärkt. Ihr
Gefühl sagte ihr, dass sie diesen Schutz brauchen sollte. Sie hatte ihr Medaillon umgehängt und spürte eine starke Verbindung zu ihrer Mutter.
Demeter hatte ihr das Geheimnis verraten, dass der Geist von Anastasia
immer noch auf Erden festgehalten wurde und dass ihre Mutter sie in
dem Medaillon auf Schritt und Tritt begleitete. Kassandra trug weiterhin
einen Silberring mit einem Amethyst, als Stärkung und Schutz, damit ihre
starken Kopfschmerzen nicht wiederkämen. Um den Hals trug sie ein
Lederband mit dem Geschenk, das ihr Demeter beim Abschied gegeben
hatte. Kassandra schloss ihre Visionstür hinter sich und wanderte einen
schmalen Pfad entlang, bis sie an einen kleinen See kam. Der See war von
einer saftigen Wiese mit Tausenden Blumen umgeben. Kassandra liebte
Blumen über alles. Die Blumen formten einen bunten Ring um ihren
Kopf und eine Blume, eine weiße Rose, landete in Kassandras Hand. Sie
wanderte weiter, bis sie zu einem kleinen Steg kam, wo ein ebenfalls kleines Boot vertäut war. Kassandra war das Rudern schon von Kind an gewöhnt, stieg ein und fuhr auf die andere Seite des Sees. Dort zog sie das
Boot ans Ufer und beschwerte das Seilende mit einem großen Stein. Ihr
Weg führte sie zu einem verschlungenen Pfad, der stark mit Pflanzen
überwachsen war. Kassandra musste ein paar Mal achtgeben, um nicht in

die Brennnesselstauden zu treten. Der Pfad führte sie immer weiter nach oben.

Schließlich gelangte sie zum Eingang einer Höhle. Kassandra musste erst einige Blätter und Zweige auf die Seite schieben, damit sie eintreten konnte. Durch einen kleinen Schacht fiel Licht in die Höhle, sodass der zum Teil steinige, zum Teil sandige Weg gut zu erkennen war. Je weiter sie ins Innere der Höhle vordrang, desto erdiger und feuchter wurde der Boden. Sie musste immer mehr aufpassen, wohin sie trat, um nicht auszurutschen. Als sie eine Weile bergab gewandert war, führte ihr Weg an einer großen Felswand vorbei. Zuerst hatte sie den Eindruck, dass der Felsen ganz schwarz sei, als sie jedoch näherkam, sah sie, dass die Wand über und über mit Fledermäusen bedeckt war. Sie konnte sehen, dass die Fledermäuse ihre Flügel zusammengeklappt hatten und von den Wänden herunterhingen. Das war ein gutes Zeichen: Kassandras Totem waren die Fledermäuse. Sie schenkte ihnen einen dankbaren Blick und wanderte weiter, immer tiefer in die Höhle hinab. Bald war sie an einem Ort angelangt, der aussah wie eine riesige Halle. Selbst hier hatte das Licht Zugang gefunden. Das Zentrum dieser Halle bildete ein Bergkristall, dessen Größe alle Edelsteine überragte, die sie bisher gesehen hatte. Einen solchen Bergkristall hatte sie noch nie in ihrem Leben gesehen. Er hatte die Form einer Lotusblüte und war fast so groß wie ihr Bett, das sie in Naoussa besessen hatte. Sie näherte sich. Die Lotusblüte übte eine magische Anziehung auf sie aus. Als sie ganz knapp davor stand, verstärkte sich die Anziehung noch. Sie kletterte in die Lotusblüte hinein und mit einem Mal veränderte sich der Bergkristall und leuchtete in allen Farben des Regenbogens. Der Regenbogen strahlte in ganzer Kraft und Stärke und floss durch Kassandras Körper. Kassandra fühlte einen Energieschub, wie sie ihn noch niemals zuvor gespürt hatte. Sie wurde hochgehoben, ihr ganzer Körper war auf einmal leicht und schwebte auf den Strahlen des Regenbogens wie in einem Fluss voller Farben. Sie wurde von einer Fontäne auf- und niedergehoben. Nach einer Weile verebbte der Regenbogen und Kassandra raste in hohem Tempo aus einer schwindelerregenden Höhe hinab in Richtung des Bergkristalls. Panische Angst erfasste Kassandra. Kurz vor dem Aufprall – Kassandra hatte schon die Augen geschlossen, weil sie damit rechnete, zu sterben – wurde sie von vielen kleinen Krallen, die sich in ihre Haut und Kleidung bohrten, festgehalten. Hunderte von Fledermäusen hoben sie hoch und stellten sie mit absoluter Zielgenauigkeit auf den Boden. Kassandra atmete tief durch und dankte ihren Schutztieren, die im Nu wieder verschwunden waren.

In jenem Augenblick hörte sie eine dröhnende Stimme. Kassandra erschauderte. Sie konnte die Worte nicht verstehen und drehte sich nach allen Richtungen um, konnte auch nirgends jemanden entdecken. Es war eine Frauenstimme, doch sie klang tief und machtvoll und Ehrfurcht verlangend. Kurz darauf begann die Erde unweit von Kassandra zu beben, ein Donnerschlag erfüllte die Luft und nach einem grellen grünen Blitz stand auf einmal eine Frau vor ihr. Ihr Gesicht war alt, so auch die Hände, und ihre Augen blickten, als hätten sie die ganze Menschheitsgeschichte erlebt. Kassandra war verwirrt, als die Frau plötzlich zu lachen begann. „Du kannst froh sein, dass die Fledermäuse dir gewogen sind, ansonsten würdest du jetzt nicht mehr vor mir stehen."

Kassandra blickte der furchterregenden Frau ins Gesicht und hielt ihrem Blick stand. „Du bist Gaia, sei gegrüßt", sagte sie und senkte den Kopf ein wenig.

Gaia wirkte überrascht und zugleich geehrt. „Demeter hat gesagt, dass du die Retterin seist. Bist du dir sicher, dass du dieser Aufgabe gerecht werden kannst? Es werden schwere Prüfungen auf dich zukommen", donnerte Gaia.

Kassandra griff nach ihrem Medaillon und meinte: „Ich bin bereit."

Dann ging alles sehr schnell. Kassandra wurde von einem Wirbelsturm erfasst, der sie ganz tief in die Höhle mitriss, bis sie neben einem Felsen zu liegen kam. Beinahe wäre sie an die Wand geschleudert worden, aber der Wind hatte im letzten Augenblick noch die Richtung geändert. Kassandra stockte kurz der Atem. Ihre Augen mussten sich erst an die Dunkelheit gewöhnen. Kein Sonnenstrahl erhellte hier die Sicht.

Auch diesmal brauchte sie nicht lange zu warten. Mit einem Mal stand Artos, ihr geliebtes Pferd, vor ihr, doch sie konnte nicht zu ihm kommen, denn er war von einem Feuerkreis umgeben. In seinen Augen sah sie Angst und gleichzeitig Hoffnung. Wenn sie das Feuer doch nur durchdringen könnte! Gab es irgendwo Wasser, mit dem sie das Feuer löschen könnte? Suchend sah sie sich um, wurde aber nicht fündig. In Gedanken nahm sie Kontakt zu Artos auf und es funktionierte gleich beim ersten Mal. Die Wiedersehensfreude war riesig, doch es galt, keine Zeit zu verlieren. Die Bedrohung durch das Feuer ließ nicht nach.

„Spring, Artos, das ist unsere einzige Möglichkeit!", flüsterte Kassandra ihm in Gedanken zu.

Artos bäumte sich auf, er hatte keinen Platz, um Anlauf zu nehmen, er schloss seine Augen und sprang. Er sprang so hoch, wie er noch nie zuvor gesprungen war. Es war, als ob er Flügel hätte. Einige Meter von Kassandra entfernt landete er. Diese hatte ihm fasziniert zugesehen und lief ihm nun eilig entgegen und umarmte ihn innig. Sofort rief sie sich wieder zur Eile: „Wir müssen hier weg. Mein Gefühl sagt mir, dass die Höhle sich bald verschließen wird. Ich höre bereits ein leichtes Donnern." Artos trug keinen Sattel und keine Zügel, so griff Kassandra sanft nach seiner Mähne und zog ihn mit sich zu einem Pfad, der sie, wie sie hoffte, nach oben führen sollte.

Sie konnte nicht sehr schnell gehen, weil sie achtgeben musste, dass Artos nicht ausrutschte. Am Anfang hatte das Feuer ihnen noch den Weg erhellt, aber je höher sie kamen, desto mehr verblasste der Feuerschein. Bald war es wieder stockdunkel.

Artos wieherte ängstlich, doch Kassandra redete beruhigend auf ihn ein und sprach sich dabei selbst am meisten Mut zu.

Als sie an eine Wegbiegung kamen, wusste Kassandra zuerst nicht, ob sie den rechten oder linken Pfad nehmen sollte. Ihr Gefühl sagte ihr, dass im linken Pfad Gefahr lauern würde. Sie überließ Artos die Entscheidung und auch er wählte den rechten Pfad.

Sie waren eine Weile gegangen und Kassandra stellte mit Erleichterung fest, dass der Weg sie tatsächlich nach oben führte und ab und zu drang bereits ein schmaler Lichtschimmer zu ihnen durch. Der Weg war erdig und sehr rutschig. Artos hatte große Mühe, am Weg zu bleiben. Kassandra ging auf der Innenseite des felsigen Pfades und zog ihn fest an sich heran. Was dann innerhalb von wenigen Sekunden passierte, darauf waren beide nicht vorbereitet: Ein Drache erschien aus dem Nichts und versperrte ihnen den Weg. Ein Feuer speiender Drache, groß wie ein Kirchturm, mit rot glühenden, durchdringenden Augen. Er hatte Narben am ganzen Körper und war an eine große, schwere Kette gebunden. Mit donnernder Stimme polterte er: „Kassandra, ihr kommt hier nicht vorbei. Es sei denn, du weißt das magische, alles erlösende Wort." Kassandra hatte keine Zeit zu verlieren, sie musste tief in ihrem Innersten nach den magischen Worten suchen. Hatte es etwas mit den Höhlen zu tun, von denen sie geträumt hatte? Was, wenn die Lösung ganz einfach wäre?

Ihre Intuition hatte sie noch nie betrogen, deshalb sprach sie mit lauter, fester Stimme: „Freiheit!" Dann musste sie abwarten, ob sie soeben ihr Todesurteil gesprochen oder ihr Weiterkommen erreicht hatte. Als sie es endlich wagte, aufzublicken, sah sie, dass der einst wilde Drache sich in ein wunderschönes Einhorn verwandelt hatte. All die Narben waren verschwunden und auch die Kette war weg. Ehrfürchtig kniete Kassandra nieder und auch Artos beugte seine Knie. Das Einhorn sprach zu ihnen mit heller Stimme: „Kassandra, ich danke dir, dass du mich erlöst hast. Seit vielen Jahren bin ich hier schon gefangen. Man hat mich vor langer Zeit in einen Hinterhalt gelockt und ich habe damals zu meinem Bedauern alle inneren Warnungen übersehen und nicht auf mein Gefühl gehört. Als ich es bemerkte, war es schon zu spät. Ein Netz machte es mir unmöglich, mich zu bewegen. Dieses Netz war wie ein Spinnennetz und es war mit Gift versehen. Nach und nach nahm es mir all meine Kraft, bis ich ganz das Bewusstsein verlor. Als ich munter wurde, hatte ich die Gestalt eines Drachen und befand mich in dieser Höhle. Ich weiß bis heute nicht, wer mir das angetan hat. Ich werde dir immer dankbar sein, dass du mich erlöst hast. Mein Name ist Sartor, du brauchst mich nur zu rufen, wenn du Hilfe brauchst. In einer Wolke aus rosarotem und orangefarbenem Nebel schwebte das Einhorn davon. Dann war es wieder so finster wie vorher.

Wieder konnte Kassandra ein leises Beben verspüren und umso mehr ermahnte sie sich zur Eile. Sie und Artos stolperten, so schnell es ihnen möglich war, den Pfad zum Ausgang der Höhle hinauf. Je höher sie kamen, desto heller wurde es und desto mehr Hoffnung auf Sicherheit fasste Kassandra. Sie konnte den Ausgang der Höhle bereits sehen, als sie von Artos' Wiehern aufgeschreckt wurde. Artos hatte sich angstvoll aufgebäumt. Große Gefahr drohte. Aber woher? Was war es? Kassandra konnte nichts sehen. Sie spürte, dass irgendetwas den Ausgang versperrte. Mit verlangsamten Schritten ging sie weiter und je näher sie dem Ausgang kam, umso deutlicher spürte sie einen Widerstand einer bis in die Wurzeln bösen Macht. War dies etwa wieder Sirena, die ihr auch in ihrer Vision das Leben zur Hölle machen wollte? Doch Kassandra glaubte nicht daran, denn diese Macht hier war viel geballter und viel gewaltiger als Sirena es je hätte sein können.

„Rhonda, bitte steh' mir bei. Das schaffe ich nicht alleine", hilfesuchend wandte sie sich um. *Keine Sorge, ich bin da. Denk' an die Hüterin des Steins. Was würde sie machen?*

Kassandra hatte keine Zeit zu verlieren. Panisch suchte sie nach einer Lösung.

Du trägst die Lösung bei Dir.

Verwirrt dachte Kassandra nach. Dann fiel ihr ein, was Rhonda meinte.

Artos bäumte sich noch einmal auf und wäre beinahe in die Tiefe gestürzt. Nur mit Mühe konnte er gerade noch das Gleichgewicht finden. Dann wurde mit einem Mal die Luft dünner und Kassandra schwanden beinahe die Sinne. Auf Artos' Flanken hatten sich große Schweißflecken gebildet und weißer Schaum kam aus seinem Mund.

Es war, als ob ein unsichtbares Gift in ihnen wirken würde. Kassandra griff nach dem Lederband, an dem die Phiole von Demeter hing, öffnete sie blitzschnell und nahm einen kleinen Schluck.

Demeter hatte betont, dass sie den Trank nur in einem extremen Notfall nehmen sollte und selbst dann auch nur sehr wenig davon. Sie versuchte, auch Artos etwas davon einzuträufeln, was schwierig war, denn Artos war wie von Sinnen. Auch hatte sie selber Mühe, einen klaren Kopf zu bewahren. Sie konnte ihre Augen kaum mehr auf einen Punkt konzentrieren.

Kassandra konnte sich nun kaum mehr bewegen und das Atmen war äußerst schwierig. Der Trank schien keine Wirkung zu haben. Sie war schon dabei, die Hoffnung aufzugeben, als sie wie eine Kanone hochgeschossen und aus der Höhle geschleudert wurde. Neben ihr flog auch Artos hoch und beide landeten unsanft auf der Wiese vor der Höhle. Beiden röchelten nach Luft und brauchten eine Weile, bis sie wieder normal atmen konnten. Kassandra versuchte eilig, ihre Gedanken zu ordnen und ihre Energie auf den Eingang der Höhle zu konzentrieren. Sie bemühte sich, einige Felsen zu bewegen und tatsächlich: Mit einem kräftigen Knall fielen mehrere mächtige Felsbrocken vom Berg herunter und versperrten den Ausgang. Sie musste nun noch etwas finden, das die Höhle dicht versiegeln konnte, damit die dunkle Macht für immer und ewig darin festgehalten wurde. Aber mit Magie war sie kaum vertraut. Sie kam sich hilflos vor. In Gedanken bat sie ihre Mutter um Hilfe dabei, mit Demeter Kontakt aufzunehmen. Diese hatte ja Übung darin und schaffte es, innerhalb von Sekunden Demeters Aufmerksamkeit zu bekommen. Demeter war vorbereitet. Sie wusste schon lange, dass irgendwo eine böse, dunkle Macht lauerte. All ihre Zauberbücher hatte sie schon durchsucht und mächtige Bann- und Schutzzauber gefunden. Als Anastasia nun mit ihr Kontakt aufnahm, lief sie sofort in ihr Reich. Dort stellte sie alle ihre Bücher um sich in einem Kreis auf, zündete acht Kerzen an und sammelte sich. Als sie alles für den Bann- und Schutzzauber beisammen hatte, schickte sie diese geballte Ladung direkt zu Kassandra. Dabei murmelte sie beschwörende Formeln und stellte mit Schrecken fest, wie stark diese dunkle Kraft war. Sie musste Kassandra helfen, die Höhle zu verriegeln, damit diese giftige Kreatur nicht durch die Ritzen entweichen konnte.

Kassandra stand vor der Höhle und hatte beide Arme von sich gestreckt. Demeters Energie konnte über ihre Hände zur Höhle fließen. Kassandra sprach Worte in einer fremden Sprache, die so viel bedeuteten wie: „Mögest du für immer hier gebannt bleiben. Mögest du an deiner eigenen Rache verrotten. Mögen alle guten Geister sich gegen dich verwenden. Ein Kreis werde um diese Höhle gebildet. Ein Kreis, der es niemandem ermöglicht, in die Nähe dieser Höhle zu kommen. Ein Kreis, der es dir nicht ermöglicht, zu entweichen. Für immer und ewig."

Als Kassandra geendet hatte, wurde ihr ganzer Körper von einem grünen Lichtstrahl erhellt und mit einem lauten Donner war die Höhle verschwunden. Für alle unsichtbar.

Artos beugte sich ehrfürchtig vor Kassandra nieder und Kassandra setzte sich auf seinen Rücken.

Sie ritten im Galopp zurück zur magischen Tür. Als sie kurz davor angelangt waren, konnte Kassandra ihre Mutter Anastasia schon von Weitem sehen. Kassandra sprang vom Pferd und rannte ihrer Mutter entgegen. Beide konnten zuerst kein Wort sprechen und waren zu Tränen gerührt. Sie hielten sich lange fest in den Armen. Kassandra fand als Erste ihre Sprache wieder und meinte: „Du fehlst mir so sehr." Anastasia zog Kassandra nochmals zu sich und sagte: „Ich bin sehr stolz auf dich. Ich werde in deinen Gedanken immer bei dir sein. Bitte lass auch Yannis von mir grüßen und richte ihm aus, dass ich ihn liebe. Nun geh, es ist Zeit für dich, dass du die Heimreise antrittst."

Sie drückte Kassandra noch einmal fest an sich und flüsterte ihr ein „Ich habe dich ganz fest lieb" ins Ohr. Dann war sie verschwunden.

Kassandra blickte sich noch einmal suchend um, aber ihre Mutter war nirgends mehr zu sehen.

Schweren Herzen musste sie nun auch von Artos Abschied nehmen. Sie hängte sich an seinen Hals, weinte, flüsterte ihm liebevolle Worte ins Ohr. Er stupste sie an und meinte in Gedanken, dass auch er sehr stolz auf sie sei. Dann schob er sie ein kleines Stück in Richtung Tür und als Kassandra etwas erwidern wollte, war auch er verschwunden.

Sie schritt die letzten Stiegen hinauf, öffnete ihre magische Tür und schloss sie langsam wieder hinter sich.

Ganz leicht fühlte sie wieder den Boden unter den Füßen, nahm das Trommeln und den Gesang der Aborigines-Frauen wahr und öffnete langsam ihre Augen.

Lösung & Ankommen

Die Zeremonie hatte Kassandra körperlich und geistig sehr hergenommen. Sie hatte es geschafft, das Böse zu besiegen, mit Demeters Hilfe und der Hilfe all der Generationen von Frauen in ihrer Ahnenreihe. Sie hatte die erzürnten Göttinnen besänftigt. Das war der Beginn von Kassandras Reise, die Menschheit zu retten. Dafür würde Kassandra noch weitere Abenteuer bestehen müssen.

Kassandra war erschöpft und wollte nur noch schlafen. Ein junges Mädchen hatte sie zum Parkplatz geführt, wo Aidan bereits auf sie wartete. Er schloss sie in seine Arme und sie ließ sich erschöpft in einen tiefen Schlaf fallen. Aidan hob Kassandra hoch und trug sie zum Auto. Vorsichtig ließ er sie auf den Beifahrersitz gleiten und streichelte ihr zärtlich über die Wangen. Dann fuhr er mit dem Auto zu seinem Haus im Norden von Canberra, wo sie beide seit einigen Monaten lebten.

Morgenstund & alles bunt

Einer wunderschöner, wolkenloser und windstiller Morgen in Aidans Drei-Zimmer-Haus im Norden von Canberra. Es ist noch sehr früh, die Sonne ist gerade eben aufgegangen. Aidan dreht sich in seinem Bett auf die Seite, um einen Blick auf Kassandra zu erhaschen. Sie ist nicht im Zimmer. Als sie sich kennenlernten, war Kassandra morgens noch lange verschlafen und brauchte eine Weile, bis sie den Tag als solchen wahrnehmen konnte. Das hatte sich geändert: Schon seit Längerem liebte sie es nun, kurz vor Sonnenaufgang aufzustehen und in aller Ruhe den Tag zu beginnen. War es zu Anfang noch so gewesen, dass Aidan Kassandra ein Frühstück bereitet und sie dann sanft aufgeweckt hatte, so war sie nun stets vor ihm wach. Wenn er morgens in die Küche kam, fand er eine entspannte und gleichzeitig tatkräftige Kassandra vor, die ihn mit einem strahlenden Lächeln begrüßte. Sie ruhte in sich und konnte gleichzeitig so viel geben. Aidan konnte noch immer nicht glauben, dass Kassandra sich so sehr verändert hatte und ihn in ihr neues Leben mit eingeschlossen hatte.

Er ging beschwingten Schrittes zum Kühlschrank und bereitete Spiegeleier für sie beide. Kassandra grinste ihn fröhlich an und ihr Lächeln breitete sich über ihr ganzes Gesicht aus, was ihr etwas Schalkhaftes verlieh. Kassandra trug ein blaugrünes Kleid, das ihre zarte Weiblichkeit unterstrich und ihre Ausstrahlung verstärkte.

„Hast du heute etwas Besonderes vor?", meinte Aidan. „Dein Kleid gefällt mir."

Kassandra blickte ihn einen Moment verwirrt an, als würde sie an eine Situation aus ihrer Vergangenheit erinnert, lachte dann und meinte: „Das ist nett von Dir. Ja, ich habe heute wieder meine Frauenrunde und mit diesem Kleid fühle ich mich immer, als könnte ich die Welt erobern."

Sie saßen eine Weile nebeneinander das Frühstück genießend, bis Aidan sich innerlich zur Eile mahnte. Er hatte eine wichtige Besprechung mit einer Gruppe von Aborigines, in der es um sein Lieblingsthema „Landrechte" ging. Aidan hatte sich intensiv mit diesem Thema auseinandergesetzt und sich sehr für eine neue Ansichtsweise eingesetzt. Wenn es ihm gelingen konnte, alle Leute in der Besprechung von seinem Plan zu überzeugen, dann war das ein Schritt in eine bahnbrechende Richtung. Er würde dann seine Kontakte nutzen, um mehr Aufmerksamkeit zu bekommen. Vielleicht würde es ihm ja gelingen, eine politische Änderung herbeizuführen. Das war aber noch Zukunftsmusik. Kassandra blickte ihn liebevoll an und strich ihm sanft über den Handrücken. „Ich habe ein gutes Gefühl für deine Besprechung", meinte sie.

Aidan stand auf, packte seine Unterlagen zusammen und ging zur Tür.

„Bis bald", meinte er und drückte Kassandra an sich.

Kassandra lächelte ihn an.

Es sollten noch viele Monde vergehen, in denen Kassandra sich mit ihrer tiefsten inneren Botschaft auseinandersetzte, bis sie sich schließlich eines Tages auf die Reise zu den Höhlen in Narwala Gabarnmang machen und sehr viel Kraft, Weisheit und Abenteuerlust, vor allem aber Lebensfreude entdecken sollte. Das aber ist eine andere Geschichte.

Epilog:

Ich bin Anastasia. Mein Geist hat nun Ruhe gefunden. Ich konnte mich von meiner Tochter Kassandra in Frieden verabschieden. Bald schon werde ich meinen geliebten Vassilis in die Arme schließen. Lebt wohl, meine Kinder, ich werde euch für immer lieben.

Anerkennung des Landes

Ich erkenne die Rechte der ersten Australier an, auf deren traditionellen Ländern ich mich befinde, und deren Kultur, die zu der ältesten beste- henden Kultur in der Geschichte der Menschheit gehört.

Am 13. Februar 2013 ging eine Jubelmeldung um die Welt: „Aborigines als erste Australier anerkannt".

Focus Online schrieb dazu (13.02.2013):

Australien hat 225 Jahre nach der Ankunft der weißen Siedler erstmals offiziell anerkannt, dass auf dem Kontinent bereits Ureinwohner lebten. Das Parlament in Canberra verabschiedete am Mittwoch ein Gesetz, das die Aborigines als erste Bewohner des fünften Kontinents anerkennt. Rund eine halbe Million der 22 Millionen Einwohner bezeichnen sich heute als Aborigines. Mit dem Gesetz ist der Weg frei für ein Referendum zur Verfassungsänderung, mit dem die Ureinwohner Australiens einen Sonderstatus erhalten sollen

Über die Autorin:

Barbara Wallner wurde 1968 in Wien geboren und lebt heute mit ihrem Mann und ihren beiden Töchtern in Canberra. Schreiben war schon immer ihre große Leidenschaft. Diese ist mit dem Umzug von Österreich nach Australien im Jahre 2010 noch stärker geworden. Während ihrer Tätigkeit am „National Centre for Indigenous Studies" an der Australian National University, konnte sie ihre beruflichen Erfahrungen mit ihrer großen Liebe zu Fantasie und Leidenschaft verbinden. Beides schlug sich in ihren Texten nieder.

Durch die Arbeit mit ihrer Mentorin, Jane Hardwick Collings, konnte sie auch ihr Interesse am Schamanismus vertiefen.

Veröffentlichung einer Kurzgeschichte *Kaffeehaus-Geschichten „downunder"* im Wendepunkt Verlag. Sie ist Teil der Anthologie *Kaffeehaus-Geschichten.* Dieser Tage erscheint die Kurzgeschichte „*Freche Mädchen*" im Oldigor Verlag.

Kassandra – eine Reise in die Neue Welt ist ihr erster Roman.

Zeitfracht Medien GmbH
Ferdinand-Jühlke-Straße 7
99095 Erfurt, Deutschland
produktsicherheit@kolibri360.de